死刑台の微笑

麻野　涼
Asano Ryo

文芸社文庫

目次

プロローグ　現行犯逮捕　5
一　地裁判決　9
二　なすりあい　35
三　連続殺人　57
四　敵討ち　76
五　闇の死　98
六　融資　123
七　保護責任者遺棄致死容疑　152
八　殺人者の足跡　175

九　キャバクラ嬢　211
十　風俗嬢　227
十一　殺人者からの手紙　241
十二　血涙　271
十三　憤怒　286
エピローグ　控訴審判決　314

プロローグ　現行犯逮捕

朝から照りつける強い日差しは猛暑日を予感させた。それでいて湿度も高くじっとしていても汗ばんでくる。ＪＲ中央線快速電車が中野駅に入ってきた。地下鉄東西線に乗り換える客が下りたが、毎朝それ以上の乗客が中野駅では乗り込む。

女は学生風の男の後ろに並んだ。女は後ろの乗客に押されるようにして電車に乗った。エアコンはきいているが、満員の車内は人の熱気と湿気で不快な暑さに包まれていた。東中野、大久保駅は通過し、次は新宿駅だ。わずか五分の距離だが通勤ラッシュの時間帯は身動きが取れなくなる。

女は白いブラウスに膝がわずかに見えるブルーのスカートを穿いていた。右肩にはコーチのショルダーバッグが掛けられているが、今にも落ちそうだ。左手には携帯電話が握られている。乗客に押されているうちに、車内で体が反転し、乗車側のドアに向くような格好になった。正面には若いサラリーマンがやはりショルダーバッグを肩に掛け立っていた。

学生風の男も、やはり体を反転させてその女の右背後に立っていた。学生風の男は両手でメッセンジャーバッグのホルダーを握っていた。女のショルダーバッグが腹部にぶつかるらしく、男は電車が揺れるたびに体をよじった。メッセンジャーバッグを持つ男の手が女の腰の部分に触れた。

　東中野駅を通過した頃、女は左手に握っていた携帯電話のボタンを操作し、「後ろの男からチカンされています。助けて」と入力し、メールの表示画面を目の前のサラリーマンに向けた。

　男が黙って頷いた。

　女の右肩からショルダーバッグがずり落ちた。女は右手で背後にいる男の手首を握った。

「止めてください」女が叫んだ。

「何をやってんだ。このヤロー」携帯電話のメッセージを見たサラリーマンも、学生風の男の腕を掴み、車内に響き渡るような声で怒鳴った。「朝からチカンなんかしてるんじゃねえよ」

「僕は何もしていません」学生風の男が弱々しい声で答えた。

　乗客の視線が学生風の男に集中した。

「さっきから私の腰をずっと触っていたじゃありませんか」女は半ば泣き声で言い返した。

　電車は大久保駅を通過した。

「指が当たっていたかもしれません。ごめんなさい」声はさらに小さくくぐもった。

「指が当たっていたかもしれませんじゃねえだろう。新宿駅に着いたら、警察にそう言うんだな」サラリーマンが言った。

女は涙を浮かべて黙り込んでしまった。

新宿駅に着き、電車は次第に速度を落とし、停車すると同時にドアが開いた。

学生風の男は人込みをかき分けて逃げようとした。

「捕まえてください」サラリーマンが叫ぶと、ドアを出たところで学生風の男は数人の男にねじ伏せられた。

すぐに鉄道警察隊が駆けつけてきた。

「どうしたんですか」

「チカンだ」取り押さえていた男たちが鉄道警察隊に説明した。

「被害者は？」

「ここにいる」サラリーマンが彼女に寄り添いながら言った。

「大丈夫ですか」鉄道警察隊が彼女の顔を見ながら聞いた。女は震えていた。

「一緒に来てくれますか」

その女性、サラリーマン風の男、そして学生風の男と取り押さえた男性三人が新宿駅東口交番に向かった。

「僕は何もしていません」学生風の男が叫んだ。

「静かにしなさい。事情は事務所で詳しく聞きます」鉄道警察隊が叱責した。

男は痴漢の現行犯で逮捕された。


翌日、痴漢から女性を救出したサラリーマンは、混雑した中央線車内で新聞を折りたたみながら読んでいた。社会面には二段で「痴漢で逮捕された大学生が抗議の自殺か」と報じられていた。中央線車内で痴漢行為を働き、現行犯逮捕されたG大学生は犯行を否認したが受け入れられなかった。処分保留のまま新宿署から釈放されたが、G大学生は大学にも行かず自宅にも帰らず山手線に飛び込み、自殺を図ったらしい。

新宿駅構内を放心状態でさまようG大学生の姿が防犯カメラに捉えられていた。

サラリーマンは新宿駅で下車すると、読んでいた新聞を駅のゴミ箱に放り投げた。

一　地裁判決

四月に発足した小泉内閣の支持率は八〇パーセントを超えていた。大相撲夏場所は横綱貴乃花が優勝し、表彰式で小泉純一郎は内閣総理大臣杯を、直接貴乃花に手渡して言った。

「痛みに耐えてよく頑張った。感動した。おめでとう」

小泉の支持率はさらにアップし、七月に迫った参議院選挙も自民党の圧勝が予想されるという記事が掲載されていた。

読み終えた新聞をきれいに折りたたみ小宮清子はパソコンの前に座った。

結審を前に意見陳述の機会が与えられた。検察側からの証人尋問で生前の長女静代の生活について聞かれたが、意見陳述は遺族の思いを法廷で述べることが許される。与えられたわずかな時間ですべてを言いきるのは不可能だと思ったが、それでも愛する娘を奪われた親の気持ちを被告にぶつけようと決意した。

清子は慣れないパソコンに向かい、キーボードを叩いては削除キーを押すことの繰り返しだった。長い文章を書く経験など、コンビニ弁当を作る食品会社のパートタイムとして長年勤務してきたがほとんどなかった。

殺された静代の無念と母親清子の怒りと悲しみを、彼らの前で吐露するチャンスはそれしかないのだ。二週間かけて自分の気持ちを文章につづった。

意見陳述の日、何度も書き直した陳述書を持って、東京地方裁判所八王子支部の証言台に立った。被告の顔を見ながら自分の思いを述べたかったが、正面の裁判官に向かって清子は自分の気持ちを語った。陳述書の内容はすべて心に刻み込んである。長女の命を奪った被告席に座る三人の表情は、正面の裁判官を見すえた清子の視界から外れ見えない。彼らがいつものように傍聴席に視線を向け、支援者に目で合図を送っているのかと思うと、やり場のない怒りがこみ上げてくる。清子は冷静になるよう自分自身に言い聞かせながら意見陳述を始めた。

わずか三日の間に遠藤隆文、中村信夫、吉崎誠の三人の少年によって四人が殺された。事件現場から三多摩連続殺人事件と呼ばれるようになった。小宮清子は相模湖湖畔の林道で殺害され、相模湖周辺の山中に遺棄された静代の母親だ。一緒にデートしていた静代の恋人の石川孝太郎も惨殺された。

――私は中学を卒業後、集団就職で上京しました。二十二歳で夫と出会い、結婚しました。そして生まれたのが一人娘の静代です。夫は静代が中学二年生の時にがんで亡くなりました。それからずっと私はパートタイムで仕事をしながら、娘を育ててまいりました。

しかし、今までずっとお世話になってきた会社を退職しました。裁判をすべて傍聴し、静代がこの三人に何故殺されなければならなかったのか、真実を自分の目で確かめなければならないと考えたからです。

犯行当時の生々しい言葉のやり取りや暴行の具体的な状況がわかるにつれて、つらくなり途中で止めようと思いました。心が折れそうになりました。精神的にも肉体的にも追い詰められ、心療内科で治療を受けなければならない時期もありました。

被告ら三人は真実を述べなければならない法廷で、平然とウソを並べ立てています。自分の都合のいいように真実を塗り変えようとしています。被害者遺族としてはいたたまれない気持ちで傍聴してきました。

最初に遠藤隆文被告について述べたいと思います。

遠藤は「小宮静代の前で、石川孝太郎がいいところを見せようとでかい態度を取ってきた」と言っています。私はこの証言を聞いて唖然としました。静代と孝太郎君は同じ高校で学び、孝太郎君は都内の大学に通う大学生です。遠藤被告が言うような「でかい態度」を取る不良連中とは違うのです。

被告の三人は暴力団に加盟しているヤクザです。二人から逃亡資金を巻き上げようと、ケンカをしかけていったのは彼ら自身なのです。それをあたかも石川君の側に問題があったかのような口ぶりです。

法廷に提出された彼らが自ら書き上げた陳述書を見ると、自分の述べていることこそが真実で、他の二人の証言は偽りだと平然と証言している。他の被告にだまされてはいけないと、裁判官に忠告しているようにさえ感じられます。

公判の途中から、弁護人が解離性人格障害の疑いがあると主張をするや否や、わが意を得たとばかりに「切れた」「スイッチ」という言葉を頻繁に用いるようになった。まるで別人格が現れて、殺人を犯したようなことを言い出した。心を病んでいれば責任能力に問題があり、刑が軽減されるのを知っているからでしょう。そういうところは計算高く、少年どころか一人前のヤクザです。

静代の顔、頭部をアルミ製パイプでめった打ちにし、孝太郎君の脇腹にサバイバルナイフを突き刺したのは遠藤以外には考えられません。

中村信夫被告にも言いたいことは山ほどあります。遠藤や吉崎誠の二人が兄貴分として認識している以上、あなたは二人の兄貴分なのです。それを統率力がなかったとか、気が弱い、おとなしい性格であったとか、そんな主張をしているが、だからといって四人も殺した罪が軽くなるとでも思っているのでしょうか。あくまで兄貴分であり二人より格上の存在、それはあなたたちの親分になる暴力団組員の佐野も証言しているではありませんか。

証言台でも「言い訳はしたくない。本当のことを申し上げます」と述べているが、その証言を何度も翻しています。

そして私のところに手紙を書き送ってきました。また拘置所内の作業代の中からと称して、その賃金を私に送りつけてきましたが、そんなものを素直に受け取ることはできません。誤解のないように言っておきますが、金額が少ないからという理由ではありません。

中村の弁護人は、「両親が謝罪したがっている」と謝罪を申し入れてきました。あなたの両親とこの法廷を出た廊下で、しかも十五分の休憩時間、単なる立ち話、いやそれ以下でした。周囲には多くの傍聴人もいたし、腹が立ったけど声も出せない状態でした。

その数分間の顔合わせを弁護人は「中村の両親も遺族に会って直接謝罪をしています」と法廷で平然と述べています。非常識もはなはだしい。

もっとひどいのは石川孝太郎君の仏前に手を合わせたと言っていたことです。そんな事実はありません。孝太郎君のご両親が面会を拒否したら、中村被告の両親は、家の塀にお線香を立てかけ缶ジュースを置いて帰ったそうです。それがどうして仏前に手を合わせたことになるのでしょうか。

両親が立ち話で頭を下げたら謝罪、請願作業の賃金を送れば償い、玄関先にお線香を置いてくれれば、仏前に手を合わせた。あなた自身もそう考えているのでしょう。手紙にしてもしかり。命日に合わせて送られてくる手紙にもあなたのずるい魂胆が見え隠れしています。

弁護人は定期的に私のところに送ってきていると法廷で述べていますが、冗談ではありません。裁判が始まり一審判決が下ろうとしている今日まで四年の歳月、これまでに受け取ったのはたったの六通。それが定期的と言えるのでしょうか。その一方で支援者には比べようもないほど多くの手紙を書いているではありませんか。

私のところに送られてきた手紙は実に不愉快なものです。「被害者の分まで大切に生きて」とは何事ですか。同じような手紙が他の二人からも届いていますが、中村、あなたは刑期が終わった後の自分の人生を考えているでしょう。死刑などありえないと思っているでしょう。そうでなければあんな手紙が書けるはずありません。

吉崎誠被告、あなたも同じです。

新宿の暴力団事務所で犯行があった藤原勉リンチ殺人では直接暴行は加えていないが、藤原勉を多摩川河川敷に放置して帰ってきたことには責任を感じている。

多摩川河川敷でたまたま現場で遭遇したホームレスの鈴守大輔さん殺人では、最初に暴行を加えたことで、中村、遠藤による鈴守さん殺害につながった。責任を感じている。

相模湖殺人では、静代、石川孝太郎君に対し、遠藤や中村も暴行を加えているが、きっかけを作ったのは自分で責任を感じている。

何度も責任という言葉を使っています。その言葉のなんと薄っぺらで軽いことか。何の罪もない人間を殺しても、責任を感じるとでも述べれば、罪が軽くなるとでも思っているのでしょう。

「遠藤に命令されたとはいえ、石川孝太郎さんを背後から羽交い絞めにして遠藤がサバイバルナイフを刺しやすいようにしたのも僕で、僕が殺したと言われても仕方がない」と証言しています。何をふざけたことを言っているのかという気持ちで聞いていました。「殺したと言われても仕方がない」ではなく「僕も殺人に加わりました」と言うべきです。

「ここでやりましょう。僕がこいつをやります」と殺す意志のある発言もしています。これだけのことをしながら「子分でいつも従属的立場だった」「命令された」などとよくも言えたものです。

矯正施設に入っている時、法務教官の話している言葉が理解できなかったと未熟な自分を演出しています。弁護人が主張するように学校教育を十分に受けていない、感情も未発達。それを主張したいのでしょうが、新宿でいったい何をしていたのですか。ホステスや風俗嬢からのホストクラブの未払い金の回収を仕事にしていたというではありませんか。あなたは立派なヤクザです。そのあなたが幼稚であるはずがない。

もう一つ付け加えるなら手紙です。これまでに受け取ったのはわずかに二通。その理由を支援者たちには「簡単に書けたら嘘になる」などと言っているようですね。そんな言葉を述べれば、支援者は信じて納得してくれるのでしょう。しかし、被害者家族は怒りに震えました。

本心が書けないはずがないでしょう。書きたくないのが本心なら「書きたくない」と書けばいい。「僕は悪いことはしていません」これが本音なら、そう書けばいい。「いちばん格下の子分だから、死刑にはならない」と思うのならそう書けばいい。罪から逃れようとウソを書こうとするから何も書けないのです。

以前、相模湖警察で静代の現場写真を一枚だけ見せてもらいました。何枚もの写真があったようですが、その中のたった一枚だけです。服が乱れ、下着は引きちぎられていました。はれ上がった顔を横に曲げたままうつ伏せになり、息絶え倒れている写真……。

ここまで言えばあなたたちにはどんな場面のどの写真なのか想像がつくでしょう。私の脳裏から永久に消えることはない。あなたたちによって娘は性的暴行を受けた上、顔は内出血し、どす黒くはれ上がり、すぐには娘と判別できないほど変形していました。口封じのために撲殺されました。どれほど苦しかったか。どれほど痛かったか。どれほど悔しかったか。

今までのあなたたちの法廷での証言を聞き、手紙を読んでいると、あなた方が殺した四人のことより、自分たちがこれからどう生き延びるか、それだけを必死に考えているとしか思えない。

そのために自分の都合のいいように証言を変え、他の二人に責任をかぶせようとなりふりかまっていられないといった印象を受けます。一人ひとりの証言を個別に聞いていると誰も死者は出ていないのではと思えるほど、それぞれの証言はいいかげんで、真実味もなく、不誠実です。

あなたたち三人は口をそろえて、生きて償いたいと述べている。誰一人として死んで償いますと言わない。四人も殺しておいて、生きる資格があるとでも思っているのでしょうか。是非聞かせてほしい。生きてどうやって償いをするというのか。あなたたちの言う償いとはいったい何なのですか。

今、静代は冷たい土の中に眠っています。高校時代の同級生だった石川君と恋愛をしていました。これから楽しいことがたくさんあったはずです。恋をし、結婚し、子供を産んでいたはずです。父親を早く亡くしていたので、若いうちに結婚して早く家庭を築きたいと言っていました。

社会福祉施設に就職を決めたのも、父親に親孝行するつもりで、老人介護の仕事に就きたいと、静代が選択した道です。そのすべてをあなたたちに奪われてしまった。

一方、あなたたちはどうですか。ぬくぬくと少年法に保護された環境の下で生きている。しかもたくさんの支援者に守られている。

理由もなく長女を殺された結末がこれです。あの子はもう二度と私の前に現れることはありません。今まで私が述べた話は、四人の被害者家族全員が抱いている思いでもあります。

私はあなたたちが再び社会に復帰することを望みません。それは病床にいる石川君のご両親も同じです。

そして孝太郎君の脇腹にナイフを刺したのは、本当は誰なのか。納得のいく事実はいまだに明らかにされていない。

ナイフからはあなたたち三人の指紋が検出されています。

中村、吉崎は、遠藤が刺したと主張している。当の遠藤は否認し、中村がやったと言っている。三人の主張は肝心なところですべてがかみ合わなくなっています。ウソを述べているからです。

刺したとされる遠藤は事件後四ヶ月間も逃亡していました。その間に返り血を浴びたはずの衣服は処分されたのか発見されていない。その代わり孝太郎君の夥しい血を浴びた中村と吉崎の衣服が証拠品として押収されています。

中村、吉崎は自分たちの指紋が付着している理由について、吉崎は車内や相模湖湖畔で二人を脅かすのに使ったためと主張している。ナイフは元々中村のもので、中村が恐喝の時にいつも使っていた。

遠藤は相模湖に移動中、助手席に座り、後部座席の吉崎にナイフを渡す時に付着したものだと主張している。まさに死人に口なしでなんとでも言えるのです。ナイフは柄の部分まで孝太郎君の左脇腹に食い込んでいました。

こんなむごい殺し方をしたあなたたちが少年法で守られていることに理不尽さを感じる。静代が生きていれば、もうすぐ二十五歳になります。その一方で、あなたたちは二十四歳になりウソを平然と並べ立てて生き延びようとしている。どうしようもない憤りを覚える。

これで意見陳述を終えますが、裁判官に一言申し上げたいと思います。三人には極刑を望みます。石川孝太郎君のご両親は事件以降、病魔に襲われ今日の法廷に立つことはできませんでした。しかし、思いは私と同じだということを付け加えさせていただきます。

裁判はこの後、最終弁論と検察側の論告求刑が行われ、検察側は三人全員に死刑を求めた。そしていよいよ判決の日を迎えた。

その日開廷は午後一時からだ。小宮清子は八王子支部に向かった。使い慣れている裁判所近くのコインパーキングに車を止めた。

すでに梅雨明け宣言は出されていた。車を下りると真夏の照りに加えて焼けたアスファルトの熱気に汗が一気に噴き出る。ゆっくりと歩きながら裁判所に向かった。駐車場から五分も歩けば八王子支部だが、清子の足取りは重くのろかった。顔色も悪い。

どんな判決が下るのか。三人に死刑判決が下りたとしても、これまで「生きて償う」と何度も口にしている連中だ。控訴することは十分に予想がついた。彼らの反省のなさ、そして被告を支援するグループの存在を考えると、裁判は控訴審どころかおそらく上告審までもつれ込むだろう。

法廷に入ろうとすると新聞記者たちに取り囲まれた。

「判決が終わった後で取材をさせてください」

八王子支部に詰めている各社の司法担当の記者たちだ。清子は取材を受けることを了解した。

「体調が悪いので短めにお願いします」

殺された石川孝太郎の父親敏彦も来ていた。げっそりとやせ細り、今にも倒れそうに見える。

中村被告の両親宏光に千鶴、そして吉崎被告の姉亜由美の姿も見られた。その他の傍聴者は中村を支援する僧侶の溝口、遠藤被告をサポートするカトリックの女性信者鳴島と中学校の女性教師頼近、吉崎の支援者はプロテスタントを信仰する女性の練馬で、残りの傍聴者もマスコミ関係者を除けば、アムネスティや死刑反対を唱える人権団体などで三人の支援グループに属する人たちばかりだ。

法廷のドアが開かれるまで、廊下には作務衣にスキンヘッドの溝口、鳴島と頼近、首から十字架を下げた練馬の周囲には人が集まってきていた。やがてドアが開かれ中に入ると傍聴席はすべて埋まった。被告席が見やすい席に清子が、その後ろに石川孝太郎の父親が座った。

何が話されているのかわからないが、支援者同士がひそひそと囁くように話している声が聞こえてくる。清子が諫めるように鋭い視線を向けると、話はすぐに止んだ。開廷時間になると、三人の被告が入廷し、いつものように傍聴席を端から端まで見渡しながら被告席に着いた。

間もなく裁判官が入廷し開廷が告げられた。

「被告人は前に出なさい」

裁判長が告げると三人が裁判官の正面に立った。

「判決を言い渡す前に判決理由を先に述べます。長くなるので被告人は座って聞くように」

一瞬だが傍聴席がざわめいた。

主文が後回しになるのは、一般的には死刑判決が下される時だ。三人は金縛りにあったように体を硬直させ、青ざめた表情に変わった。裁判長が理由の朗読を始めた。三人は極刑もありうると弁護人や支援者から聞かされているのだろう。遠藤は両手を組み、下を向いたまま顔を上げようとしなかった。中村は喉が渇くのか生唾を飲み込むようなしぐさを何度も繰り返した。吉崎は小さなタオルで額や首筋の汗を何度も拭った。

朗読は二時間以上もつづいた。それが終了すると、裁判長は改めて三人の被告を見すえた。

「主文　被告人遠藤隆文を死刑に処する」

顔を上げ裁判長を睨みつけた遠藤の顔は紅潮していた。

裁判長はもう一度主文を読み上げた。

「主文　被告人中村信夫及び吉崎誠をそれぞれ無期懲役に処する」

中村は泣き崩れ、吉崎はタオルを顔に当てた。

判決が下ると、被告らは退廷し、傍聴者も法廷から出た。廊下では、中村、吉崎の支援者は被害者家族がいるにもかかわらず、廊下で握手を交わしていた。それとは対照的にうな垂れていたのは遠藤の支援者の鳴島と頼近だった。法廷を出たところで二人は手を組み、目をつむり祈り始めた。

清子は新聞記者に囲まれながら一階に下り、ロビーで取材を受けることになった。

「判決についてどう思われますか」

「今は頭の中が真っ白、パニックできちんと答えられるような状態ではありません。三人に対して死刑判決が下されることを望んでいたのに、今日の判決には失望しました」

清子はこう答えるのが精いっぱいだった。

石川敏彦も取材を承諾した。

「最低の判決です。長男の命を奪われた上、被害者なのにまるでヤクザ者と関係があるように世間から見られ、長女は失職しました。事件後は何もかもが変わってしまった。それなのに二人に無期懲役だなんて、こんな判決絶対に許せない」

それ以上二人は何も答えなかった。

死刑と無期懲役を分けたのは、判決理由によれば、四人の殺害に遠藤は終始「中心的な立場」で、中村、吉崎は「従属的な立場」だったと役割に差があったと裁判所が認定したためだ。

取材が終わり、記者は記事を書くために新聞社へと戻っていった。

清子は高熱にうなされた患者のように体を震わせ駐車場に戻った。

車を走らせながら、清子は声を上げて泣いた。

「こんな判決、絶対に許せない」

自宅に着くまで泣き続けた。

翌日の新聞に記事が掲載された。

死刑判決を受けた遠藤は「事実認定に誤りがある」として即日控訴している。東京地裁八王子支部判決は石川孝太郎にサバイバルナイフを突き刺したのは遠藤と認定した。

一縷の望みを感じさせたのは、検察側も中村、吉崎に対する判決を不服として控訴したことだ。しかし、それだけではなかった。死刑判決を受けた遠藤についても控訴を決めた。

求刑通り死刑の判決が出たにもかかわらず検察側が控訴するのは前例がないという。

検察側はその理由を「ホームレス殺害を殺人ではなく、傷害致死と判断したこと、小宮静代殺害についても被告ら三人の役割に大差はなく共同正犯は明らかで、重大な事実誤認があり、二人の被告人の無期懲役判決は、事件の凶悪性、被害者感情、各被告の役割分担に格段の差はなく不当」と判断したためだ。

「まだ何年も裁判はつづくのね」

清子が力なくひとり呟いた。

事件直後から石川孝太郎の母親房子はふさぎこむことが多くなった。

八王子支部での裁判が進行するにつれて、房子のうつ病はますます深刻になり、体調も急激に悪化した。それでも父親の敏彦が傍聴メモを見ながら、裁判の様子を伝える時だけは、ベッドから起き出してきて、話に耳を傾けた。

長男の孝太郎が殺される場面を伝えるのは、さすがの父親もためらわざるを得なかった。両親は孝太郎、静代が殺害された現場を見ていた。二人が死に至るまでの暴行がどれほど非情で激しいものだったかを話すのは、敏彦にとってもつらいものだが、それを聞く房子にとっても筆舌に尽くしがたい苦痛があったはずだ。

二人が暴行を受けた様子を父親が説明した時、房子は泣きだすだろうと長女の紘子は想像していた。

相模湖の事件現場にはどす黒く変色した血のこびりついた石が、一つ二つなどではなく、至るところに落ちていた。孝太郎が彼らの暴力から必死で逃れようと、のたうち回った場所だったに違いない。

「体中の血が全部流れ出してしまうほどひどい目にあったのね……」

房子は泣いてはいなかった。憑きものにでも取りつかれたかのように、視線は一点を凝視し瞬きもしていなかった。

「殺してやりたい」

房子が小さな声で呟いた。紘子が一瞬ぞっとするほど恐ろしい形相を浮かべていた。

事件以後、紘子は残業をほとんどせずに定時で帰宅させてもらっていた。食事の用意も帰宅途中のスーパーマーケットに立ち寄り、惣菜を買ってきてテーブルに並べるといった食事がつづいた。

家族が一人欠けると、これほど寂しい食事になるのかと紘子はしみじみ思った。両親はただ黙って食事をした。母親の好きなものを買ってくるのだが、房子は箸を付ける程度で食事の量は少なかった。

目もうつろだし、日ごとにやせ細っていった。昼間、紘子が会社で働いている時、房子はいったい何をして一日を過ごしているのか心配になった。通院も一週間に一回程度で、少しは散歩をするように医師からは指導されているが、一日の大半をベッドの上で過ごしている様子だった。

心配している紘子を安心させようと思ったのか、母親が言った。

「毎日、お父さんと一緒に孝太郎のお墓参りに行っていますよ」

母親は昼頃ベッドから起きて、簡単な昼食を摂り、その後は父と一緒に墓地に行き、線香を上げたり、水を供えたり、墓地の周辺の清掃をして一時間ほど過ごしてから帰宅するのが日課のようになっていた。

八王子支部の法廷は月に二回のペースで開かれ、父親はその傍聴に出かけたが、その父の体調も決していいとは言えなかった。

父親は定期的に健康診断を受けてきたが、体重が落ちて痩せてきた。頬の肉がそげ落ちて顔の骨格が浮き出ていた。食欲もなく、一回の食事の量も極めて少なくなっていた。それにしても痩せすぎだ。

いつも通う地元の病院の医師が紹介状を書いてくれた。A総合病院は相模原市の中核ともいうべき病院で、そこで精密検査を受けるように言われた。

父親の敏彦は精密検査など受けたくないと、紘子がいくら言っても聞こうとはしなかった。

「心配しなくていい」

そういう父親を強引に車に乗せ、A総合病院に向かった。四十代の医師は紹介状に目を通すと、父親から食事の様子や便通の状態を尋ねた。

「二、三日、検査入院することは可能ですか」

医師は付き添う紘子に視線を向けながら聞いた。紘子はすぐにでも入院させたいと思ったが、母親のうつ病の治療がどうなるのかが気がかりだった。いつも父親が付き添っていたのだ。

「当病院にも精神科の医師はいます。問題があるのなら、お母様も二、三日なら入院可能ですが」

紘子の不安をわかっていたかのように医師が説明した。

嫌がる父親を強引に入院させた。体力も落ちていた。入院と同時に点滴投与が始まった。母親は紘子が会社を休み、介護をした。紘子は大手の市中銀行に就職していたが、事件が原因で退職勧告を受け、サラ金に転職していた。

腹部のＣＴ検査が行われ、胃の内視鏡検査、さらに採血検査が行われた。

結果が出た日、紘子だけが医師に呼ばれた。

「ご本人にお伝えする前にあなたに説明しておいた方がいいと思いまして……」

紘子の心に不吉な予感が走る。

「胃は問題ありません」

こう言いながら医師は三枚の腸の写真をディスプレイに掲げた。蛍光灯に照らし出されて映像が浮かび上がった。

「ＣＴスキャンで撮影した大腸の写真です」

医師は医学事典を広げ、大腸の精密画が描かれているページを開いた。

「写真は上行結腸で、イラストだとこの部分にあたります。この上行結腸の部分を輪切りにして撮影したものがこの写真です」

紘子はＣＴ写真に目をやった。

「この部分がポリープです」

腸を塞ぐように突起が広がっていた。

「本来なら細胞を取ってからポリープが悪性なのか良性なのかを確かめ、その上で手術をするのですが、ここまで大きくなっているとそんなことも言っていられません。任せていただけるのであればすぐにでも手術してポリープを取り除きたいのですが」

「悪性か良性かはわからないのでしょうか」

「まず九割は悪性、がんだと思ってください」

医師は事務的に説明を続けていく。

「ほぼ進行がんだと思って間違いないでしょう。開いてみないとなんとも言えませんが、大腸の三分の一は切り取ることになると思います。医学的には大腸はなくても生命には別状ありません。がんが大腸を突き破って、外にがん細胞を撒き散らしていなければいいのですが……」

紘子には医師の説明が理解できなかった。

「がんが大腸を突き破るってどういうことなのでしょうか」

「腸の内壁にできたがん細胞が成長し、腸の外側にまで広がってしまうことで、こうなるとがん細胞を腹膜に撒き散らし、肝臓への転移も考えられます」

「最悪の場合どうなるのでしょうか」

「余命六ヶ月ということもありえます」

医師は盲腸の手術でもするかのようにあまりにも淡々としていて、紘子には実感が湧いてこない。

「お父様の方に説明はどうされますか」

医師が結論を求めてきた。

「少し考えさせてもらえませんか」

「今の状態では動かすのも危険だし、そんな余裕がないからこの病院に任せてもらえるかと申し上げたんです。今日中に結論を出してください。それを聞いた上で手術の日程を決めます」

紘子は突然頬を張られたような気分だった。医師の説明に父親の容体が緊迫した状態にあることを、その時思い知らされた。

手術はA総合病院で行うとすぐに決断はついた。しかし、どうやって父親に病状を伝えるかだ。

「先生、今、私が見せていただいたCT写真を使って、腸にポリープができているのでそれを取り除く手術をするとだけ父に説明してくれますか。がんという言葉を出さないで説明してもらえませんか」

医師は困り果てたような顔に変わった。

「昔と違って今はきちんと病状を患者に伝えるのが一般的なんですけどね」

「母がうつ病にかかっていなければ、それでもいいと思いますが……。とにかく一度に背負いきれない事態が起きているんです」

紘子は弟の孝太郎が殺された事件の概略を説明した。

「わかりました。しかし、悪性か良性かを聞かれた時は、良性とウソをつくわけにはいきませんから、その時は手術をしてみなければわかりませんと答えるようにします。それでよろしいですね」

医師は最大限の譲歩をしてくれたのだろうが、やはり紘子は不安だった。孝太郎の件で身も心も衰弱しきっている父親にがんの告知はあまりにも過酷すぎる。

紘子は何食わぬ顔で、一度病室に戻った。間もなく看護師が車椅子を持って父親のところにやってきた。

「先生の方から説明があります」

看護師が敏彦を車椅子に乗せた。敏彦はエレベーターで一階にある内科の外来診察室に向かった。車いすのまま診察室に入ると、看護師は医師の方に向けた。

「石川さん、具合はいかがですか」

医師が聞いた。

「体力は少し回復してきたような気がします」

父親が答えた。点滴で栄養補給している効果が出ているのだろう。

「そうですか。検査の結果が出ました」

医師は紘子が見たのと同じ写真をディスプレイに掲げた。

「これは大腸の映像ですが、この部分を見てください」

敏彦が無言で写真を見つめた。

医師は父親の心を読み取ろうとするかのように顔の表情を見ながら言った。

「これまでに便秘と下痢を繰り返すことが多かったのではありませんか」

「ええ、そう言われれば便秘はよくしていました」

「その原因は腸にできたこのポリープ、この突起が原因です。この部分を手術で取ってしまえば食欲も出てくるし、便秘もなくなります」

父親は納得したのか、あるいはがんを疑っているのか、それ以上は何も言わなかった。

手術はそれから三日後に行われた。

手術室の前に控室がある。紘子はそこで待機するように執刀する外科医から言われた。手術室に入る父親を励ましてから三十分も経っていなかった。

「手術中」という赤いランプが点灯していたが、ドアが突然開いた。

「お話があります」

ブルーの手術着にマスク、それに血にぬれたゴム手袋をはめたままの執刀医が出てきた。

「今、開腹したところなんですが、やはり大腸を突き抜けてがんが外に広がってしまっています」

紘子はどう返事をしていいのかわからなかった。今までに職場の上司ががんで手術し、手の施しようがなく、開腹手術をしたが何もせずに閉じてしまったという話を聞いたことがある。父親も同じ状態なのだろうか。

「すでに腹膜と肝臓に転移が見られます。大腸のがんは予定通り取り除きますが、腹膜、肝臓まではとても無理です。ご確認されるのであれば、どうぞ入ってください」

紘子は自分の目で確認してやらなければならないと思った。

「お願いします」

看護師が手術着を紘子に着るように渡した。ドアをさらに二つ入った部屋で父親は手術台の上に横たわっていた。

腹部が縦に真っ直ぐに切られていた。医師はそこに両手を差し入れて大腸、小腸を両手ですくい上げるようにかき上げた。横腹の内側が見えた。

「白いゴマのような点があちこちに見えるでしょう。あれが転移したがんです」

医師は両手を腹部に突っ込んだまま紘子に聞いた。

「肝臓に転移したがんもご覧になりますか」

紘子は「見せてください」と答えた。

執刀医は大腸、小腸をすべて下腹部へ押しやった。

「奥の方に小豆色をした肝臓が見えますね」

紘子が膝を折るようにして身を屈めると肝臓が見えた。

「肝臓の下の方に白くなっている部分があるでしょう」

白い部分は枝豆一粒ほどの大きさだった。それが肝臓へ転移したがんだった。

元の状態に戻すと執刀医が言った。「大腸がんだけは取り除きます」

それは父親の寿命があと六ヶ月という余命宣告でもあった。

二　なすりあい

東京高等裁判所の法廷も月に二回のペースで開かれた。迅速な裁判が求められるという記事を以前に読んだことがあるが、これほど時間がかかるとは小宮清子は想像もしていなかった。三人の被告についた弁護士は、一審で明らかにされたはずのどうでもいいような内容について被告に質問をくどくどと繰り返し、前法廷での証言に誤りがあったとそれを訂正した。

こんな具合で裁判が進行するなら、高裁判決が下るまでには少なくても三、四年はかかりそうだ。八王子支部で審議された事項が東京高裁でも最初から事実認定をめぐって審議されるような印象を受けた。

遠藤隆文、中村信夫、吉崎誠の三人は新宿のパチンコ店で知り合っていた。それまで三人はまったく面識がなかった。

遠藤隆文は一九七△年に神奈川県相模原市矢部で生まれている。母親は隆文が二歳の時に死亡。父親は育児放棄、母方の親戚夫婦の養子となる。法廷で明らかにされた成育歴によれば、子供の頃から犯罪傾向を見せていたことがうかがえる。

小学校の中学年頃には万引きを繰り返し、中学生になるとシンナーを吸引し、小遣い銭ほしさに恐喝をするようになっている。小学校六年の時、県内の児童自立支援施設I学園に入所、園内の中学を卒業するまでそこで過ごした。以前は教護院と呼ばれていた施設だ。その後は建設会社に就職はしたが一ヶ月も経たずに退社し、土木作業員などをしながら職を転々と変える生活だった。

I学園を出てから一年半後に窃盗と道路交通法違反で逮捕され、K少年院に送致され、矯正教育を受けて出院。それから一年足らずのうちに窃盗、毒物及び劇物取締法違反、住居不法侵入、銃刀法違反で逮捕、T少年院に収監された。二年をT少年院で過ごすが、一年も経たずに今度は殺人事件を起こした。

遠藤は三ヶ所の矯正施設で育ってきたといっても過言ではない。その結果、四人もの尊い命を奪っている。野生のオオカミを人間社会に放り出したようなものだと小宮清子は思った。それまでどのような教育を受けてきたのだろうか。矯正教育はまったく意味がなかったように思える。

それは他の二人も同様だ。中村信夫は東京都立川市砂川町で生まれたが、非行は中学時代から始まり、母親はまだ中学生だった信夫に原付バイクを買い与えるなど、異常な溺愛ぶりを見せている。父親は教育にはまったく無関心だった。信夫は定時制高校に進んだものの夏休み前に中退。

その後、工員、トラック運転手助手などをするがどれも長続きはしなかった。窃盗で逮捕され、初犯ということもあって保護観察処分が下された。

吉崎誠は中野区東中野でヤクザの父親とパチンコに明け暮れる母親との間に生まれた。七人兄弟の二男で、上から四番目だった。父親はほとんど不在、母親は育児放棄で、食事さえまともに与えられずに育った。万引きは小学生の頃から始まっていた。一家は離散し、児童自立支援施設、少年院という経歴は遠藤とほとんど同じだった。

定職につかずにパチンコと恐喝で生活費を稼ぐ日々だった。

三人は毎日のようにパチンコ店に通い、どちらからともなく話をするようになる。独特の嗅覚で互いに引きつけ合ったのだろう。

その頃、中村は暴力団小野寺組の構成員の佐野と杯を交わしていた。中村は佐野の使い走りをしていたが、自分は小野寺組の構成員だと吹聴していた。

遠藤も吉崎も中村を通じて佐野と会い、杯を取り交わしている。年齢は同じだが、杯を交わした順に、中村、遠藤、吉崎という序列ができ、中村が兄貴分になる。小宮には理解しがたいが、三人は佐野を親分とあがめ慕っていた。

第一の殺人は、彼らから距離を置き、グループから抜け出そうとしていた藤原勉へのリンチだった。

浜中次男検事が三多摩連続殺人事件の全貌を改めて明らかにし、三人を厳しく追及した。

「藤原勉リンチ殺人の犯行態様は、抵抗できない状態にある被害者、藤原勉の頸部をベルトで代わる代わる絞め付け、苦しむ様子を見ながら、何ら躊躇することなく絞め続け、たばこの火を被害者の身体に押し付けてその死亡を確認するという非情、残忍なものである。このような態様からみて、確定的かつ強固な殺意に基づく犯行であることが明らかである」

中村は佐野が借りた歌舞伎町から歩いて十分くらいのところにある雑居ビルの一室で寝泊まりをしていた。そこは佐野が覚せい剤や大麻などを隠す場所として借りていたものだ。中村は寝泊まりするだけではなく、恐喝するための場所としても利用していた。

検察側の主張によれば、藤原を身動きできないように拘束した上、被害者を足蹴りしたり、その背中にたばこの火を押し付けたり、ライターオイルを垂らして火をつけるなどの残虐な行為は十六時間にも及んでいる。

「被害者は苦悶のうちに絶命した」

浜中検事は殺人から死体遺棄までの経緯を法廷で明らかにした。

——新宿区大久保にある武中ビル三〇三号室に被害者藤原勉を連れ込んだ被告人遠藤は、吉崎とともに被害者をトランクス一枚の姿にした上、後ろ手に縛り、声を出せないように靴下を口に押し込み、顔面にガムテープを巻き付け、さらに両足首も緊縛し身動きできないようにした。

吉崎は前日行った賭けマージャンで中村、遠藤に巻き上げられて苛立っていたこともあり、その腹いせにまったく抵抗のできない被害者を蹴り始めた。それに遠藤、中村も加わった。

部屋で声も出せずに呻き苦しんでいる被害者にさらに暴行を加えた。遠藤はベルトで被害者の背中を叩き続け、その背中にライターのオイルを垂らして火をつけたり、水疱ができた背中をボールペンの芯で突いて水疱を破ったりした。さらにトランクス姿の藤原の局部に対して遠藤は、フリーキックでも蹴るように幾度も蹴りを加え、暴行は凄惨を極めた。

ぐったりしている藤原の処理に困り果て、「お前がどうにかしろ」と中村は遠藤に命令した。遠藤は「こうなったら仕方ない。ここで放したらこっちがパクられてしまう」と被害者を解放すれば、警察に逮捕されるおそれがある旨を主張し、吉崎に対し、「誠、お前どうする」と尋ねた。

吉崎は「俺がやります。任せてください」と答え、奥の六畳間でうつ伏せに倒れている被害者の頸部に革製のベルトを巻きつけ、後ろで交差させた上、その両端を引っ張って絞め続けた。

その直後、佐野から中村に電話が入り、吉崎に覚せい剤を客のところへ届けさせるように指示された。吉崎に覚せい剤を運ばせた。吉崎が部屋を出ると、遠藤と中村はベルトの両端をそれぞれが握り、座り込んで綱引きのように引っぱり合い、結局二十分間にわたり頸部を絞め、体をけいれんさせ、失禁し、血の混じった鼻水を流して苦悶する被害者の首を執拗に絞め続け殺害に及んでいる。

遠藤は被害者の死亡を確認するために、タバコの火を腕、背中、首に押し付け、一切の反応がないことを確かめている。

被害者藤原の死亡を確認すると、腹が空いたという理由で、ビル一階にある焼肉店で食事をしている。そこへ覚せい剤を客に届けて戻った吉崎も加わり、三人は平然と食事を摂るなど、その行動からは残虐極まりない方法で人の生命を奪ったことを後悔する様子は微塵も感じられない。

再び部屋に戻った三人は、佐野に指示を仰ぎ、中村や遠藤が地理に詳しい立川市と日野市の境を流れる多摩川流域の河川敷に遺体を遺棄することに決めた。遺体を「く」の字に折り曲げて毛布で包み、ガムテープで縛り歌舞伎町にあるドン・キホーテ店で購入した大型のキャリーバッグの中に押し込んだ。深夜人通りの少なくなった時間に自動車のトランクに入れ、国道二〇号線を立川に向けて走った。多摩川に架かる日野橋と、上流の多摩大橋まで間の土手はランニングロードで深夜の人通りはまったくなくなる。河川敷にはホームレスのビニールテントがいくつか並ぶが、河原には雑草が深く生い茂っていた。そこに遺体を遺棄した。

被害者の着ていた衣服はゴミとして処分するなど周到な証拠隠滅工作まで行っている。

藤原の両親は事実を知り、嘆き悲しみ、犯人には被害者が味わった痛み、苦しみと同様の痛み、苦しみを味わってほしい旨述べて、厳しい処罰感情を明らかにしている。

藤原が殺される経緯は、テレビや映画で見るヤクザの抗争そのものだった。人間をまるで動物、いや虫けら扱いにして命を奪っている。小宮清子は三人が少年法によって守られていることに、やりきれない思いだった。

藤原勉は東京都町田市出身で、隣接する神奈川県相模原市上溝のアパートで暮らしていた。解体業の作業員として働いていたが、遠藤とはかつてシンナーを一緒に吸引し、恐喝を組んでやっていた仲間でもある。藤原も少年院に収監された経験があった。

河川敷の雑草は人間の背丈を越える高さに伸び、三人はキャリーバッグを生い茂る雑草の中に放置した。

二度目の惨劇はその直後に起きた。

――殺害した藤原勉を多摩川河川敷に遺棄し、現場から少しでも早く立ち去ろうとする三人の前に突然、予期せぬ人物が現れた。河原で生活をしていた住所不定の鈴守大輔だ。彼らによって惨殺された鈴守が死体遺棄の現場を目撃したかどうかは、はっきりしていない。しかし、遠藤、中村、吉崎の三人は死体遺棄現場を目撃されたと判断し、その場で鈴守大輔に集団で殴る蹴るの暴行を加えた。

遺棄現場の近くに鈴守が暮らすテントがあったが、暗闇の中で三人はその存在に気づかなかった。一方、鈴守は異様なもの音を聞きつけて、目を覚ましたものと推認される。テントを抜け出して吉崎誠に発見され、集団で暴行され死に至った。

テントが近くにあったことに腹立たしさを覚えた三人は、理不尽な怒りを鈴守大輔にぶつけ、テント内にあったビール瓶、一升瓶、ウィスキーの瓶をそれぞれが手にし、鈴守の頭部、顔面を三人がかりで殴り出し、瓶は割れ破片が散っているにもかかわらず、三人は殴打を繰り返し、瀕死の重傷を負わせた。

この段階で鈴守は自力による起居動作が不可能な状態に陥っていた。彼らに見つかってから二十分もしないで被害者を瀕死の状態に陥れた背景には、目撃されてしまったという意識が働いていたためである。すでに動かなくなっていた鈴守の生死を確認するために、遠藤は血を流す頭部の傷口に残っていたウィスキーを注ぎ、反応があるかどうかを確かめ、暴行は凄惨を極めている。

死を確認すると、鈴守をテント内に運び入れ、三人は現場から逃走した。

浜中検事が鈴守の命が奪われるまでの経過を詳細に明らかにしていく。八王子支部ですでに明らかにされている事実とはいえ、聞いているだけで身の毛がよだつような話が展開される。しかし、三人ともまるで人ごとのように聞いている。

開廷された直後は神妙な顔つきで俯いているが、しばらくすると誰からともなく三人そろってチラチラと傍聴席に視線を投げかけてくる。特に一審判決で無期懲役だった中村、吉崎は傍聴席を隅から隅まで見渡していた。明らかに傍聴席に座っている顔ぶれに関心があるといった素振りだ。弁護士から死刑判決もありうると聞かされているはずだが、未成年だった自分たちに死刑判決はないと思っているのか、法廷のやり取りなど眼中にないといった様子だ。

被告席に座る三人は、夏のテレビ特番で放送される暴走族のように清子には思えた。特に遠藤は肩幅も広く、身長はそれほどないにしても屈強な体格をしている。目つきも鋭く、すぐに噛みつく野犬のような印象だ。

中村は自分でも兄貴分だと思っているらしく、椅子の背もたれに体を預けふんぞり返るようにして座り、検事を睨みつけていた。

吉崎がいちばん小柄で背も低く痩せていた。中村とは対照的に両足を揃えて座り、就職のために会社訪問をする大学生のような律儀さだった。メモ用紙にボールペンを走らせていた。しかし、ずる賢そうな目で検事を見たり、裁判官の表情をしきりにうかがったりしていた。
八王子支部の傍聴席にはヤクザ風の若者の姿が多数見られたが、東京高裁に舞台を移すと彼らの姿は明らかに少なくなっていた。
控訴審でも同じ弁護士がそのまま継続して弁護人を務めた。流川達彦は最後まで逃亡していた遠藤隆文の弁護を引き受けていた。押しの強さというか、遠藤の一審の死刑判決を覆し、有名になってやるという魂胆が体中からにじみ出ているような弁護士だ。兄貴格の中村信夫は本田彰弁護士に、格下の吉崎誠は鈴木勝則弁護士に弁護を依頼していた。三人とも三十代後半から四十代前半の若い弁護士のように見えた。

本田弁護士は格好には無頓着なのか、型崩れのしたスーツに折り目のまったくないズボンという姿だ。眼鏡の調整がうまくいっていないのか、すぐにずり落ちてきた。しきりにそれを気にして元に戻していた。鈴木弁護士は着ているものからは、育ちの良さを感じるが、どことなく頼りない印象を受ける。

２０００年９月10日　東京高裁法廷

流川弁護士が遠藤に質問した。
流川　事務所に呼び出された藤原さんの態度はどうでしたか。
遠藤　藤原は佐野さんとも杯を交わしてねえからよ、中村も吉崎も皆な同列で、兄貴分、弟分の意識はなかった。でも、俺たちにしてみればいちばん格下になるのははっきりしていた。そのくせもうカツアゲはやりたくねえ、俺たちともう縁を切りてえとか言い出しやがった。藤原には中村の方が上だという意識がなかったからシカトしやがった。それをきっかけに「ふざけるな。なめるんじゃねえ」と中村が怒り出して暴行が始まった。
流川　藤原さんはそれでどうなったのですか。
遠藤「勘弁してください」と謝ったが、ヤキイレが始まったんだ。
流川　ヤキイレ、つまりリンチというのはあなたの中でどのように位置づけされていますか。
遠藤　ヤキイレは制裁のことで、まあ反省しろよっていうことだ。
流川　あなたはその時、藤原さんに対してどういう態度を取ったのですか。
遠藤　そりゃ中村がやるんだから、俺もやらなけりゃ中村の手前、俺の立場もなくなるし、やるっきゃねえだろう。吉崎も調子こいて藤原をボコボコに殴り始めたんだからよ。
流川　それで藤原さんはどうなったんですか。
遠藤　すぐにグッタリしたよ。忠告を聞いて仲間に入っていりゃいいものを……。
流川　グッタリしている藤原さんを「橋から落として川にでも流せ」とか「相模湖に

沈める」という話が出ていましたね。
遠藤　「橋から落とす」と言ったのは中村で、「相模湖に沈める」と言ったのは吉崎だよ。相模湖に沈めれば死ぬと思った。俺は多摩川あたりの河原に放り出してくりゃいいと最初から言っていた。殺すつもりなんて俺にはなかった。
流川　それなのに実際は、あなたは中村と一緒に藤原さんを殺害しています。何故ですか。
遠藤　吉崎がやるとか言い出して、実際に藤原の首をバンドで絞めた。それで兄貴分の中村も俺も何もしねえってていうわけにはいかなくなったんだよ。
流川　それはどういう意味ですか。
遠藤　弟分の吉崎がやって俺がやらなけりゃバカにされる。兄貴の中村からやっちまえと言われりゃそれに従うしかねえだろう。
流川　藤原さんをバンドで絞殺する時、中村から命令されたのですか。
遠藤　特別に言葉で殺せとは言われはしなかったよ。でも、首に巻きついていたバンドの片方を、ホレッと俺の方に向けられりゃ握るしかなかった。
流川　それであなたはベルトの片方を握ったのですね。
遠藤　ああ、そうだ。

遠藤の言葉づかいは乱暴で、法廷での証言とは思えないものだ。ヤクザの口調でしか遠藤は話をすることができないのだろう。流川弁護士はそんなことは気にならないのか、平然と質問を続けた。藤原勉リンチ殺人については、遠藤は兄貴分の中村に従うしかなかったという主張だった。弟分の吉崎が藤原殺しの口火を切った以上、格上の自分が何もしないわけにはいかなかったという理屈を並べ立てた。小宮清子にはとても理解できる話ではない。彼らの証言内容はヤクザ者そのものだった。

流川弁護士はその日、兄貴格の中村信夫被告に対しても質問を行った。

流川　藤原さん殺害に至る経緯をあなたの口から説明してください。

中村　親分の佐野さんから杯を嫌がるようであればヤキイレをしろと命令されていたので、それで事務所に呼び出したんだ。最初から俺たちを嫌っていたというか、もう関わりになりたくないというのがはっきりしていたからヤキイレがすぐに始まった。

流川　最初に暴力を振るったのは誰ですか。

中村　佐野さんとは杯を交わさない。まともな生活をするから二度とこの事務所にも顔を出さないと言った瞬間に、吉崎と遠藤が二人で殴りかかっていった。

流川　あなたはその時、どうしていたんですか。

中村　私もいくつかケリを入れましたが、あとは遠藤と吉崎に任せていました。

流川　時間にしてどのくらい暴行を続けたのですか。
中村　五、六時間か、それ以上かもしれない。
流川　その時、藤原さんはもう死んでいたのですか。
中村　いいえ、うめき声は聞こえたので生きていました。
流川　それは間違いありませんか。
中村　グッタリした藤原さんの口に張られたガムテープをはがし、靴下を取り出したのと同時にゲロを吐いていたので、間違いなく生きていました。
流川　それで兄貴格のあなたは殺すように命じたのですか。
中村　命令なんかしていません。
流川　しかし、吉崎は藤原さんのベルトで首を絞めているではありませんか。
中村　それは遠藤が吉崎に向かって「お前、どうする」って聞いたら、「俺がやります」と吉崎が一人で首を絞めたんです。
流川　それが中断しますね。
中村　佐野さんから携帯電話に連絡が入り、吉崎にシャブを客に届けさせろと指示されたからです。
流川　それで吉崎が事務所を出て行きますね。それからどうしたんですか。
中村　遠藤が半死状態の藤原さんのところに行き、ベルトを握り、片方を私の方に向けて握るように促したんです。
流川　遠藤被告はまったく逆のことを言っていますが……。
中村　違います。遠藤が最初に片方を握り、私にもう片方を引っ張るように言ったんです。
流川　しかし、あなたがいちばん格上で他の二人に命令できる立場にいたんでしょう。
中村　立場上はそうですが、実際には遠藤にいつも振り回されているばかりでした。
遠藤は危ない人間だと思っていた。

事務所で藤原が死に至る経緯に関して、遠藤と中村の言い分は違っていた。明らかにどちらかがウソを述べているのだ。ウソを述べることに罪悪感はないのだろう。それにしても片方のベルトの端を握れと促したのが、遠藤なのか、中村なのか。それを特定することがそれほど重要なのだろうか。二人がベルトを掴んだからこそ藤原は苦悶しながら絶命した。その事実だけで二人は万死に値すると思う。

法廷で事実が明らかにされると思って小宮清子は傍聴を続けているが、真実が語られることはありえないと思った。

死刑から逃れるためには、彼らは殺人の実行行為を他の誰かに押し付ける以外に方法がない。そうした思いが中村、遠藤には強いのだろう。それが遠藤の法廷への欠席、退廷という形になって現れた。

２００〇年10月30日　東京高裁法廷

その日も開廷に先立ち、流川弁護士から遠藤の体調の悪さが告げられた。遠藤自身が書いたという欠席理由が読み上げられた。

「体調不良のため、頭痛、腹痛、吐き気などで午後の法廷には出廷できない」

流川弁護士の説明が終わると、裁判長が被告席の遠藤に直接聞いた。

「熱があるのかね」

「熱はねえよ。でも頭痛がひどい。それと倦怠感、胃が痛い、吐き気もするんだ」

今度は浜中検事が聞いた。

「それほどの症状があるのに何故拘置所内での検査を拒否するのですか」

遠藤は拘置所内での医師の診察を拒否していた。理由などはっきりしている。仮病がばれるからだろう。裁判長もそれは見抜いているのか、すかさず言った。

「仮病とも思えるような欠席をしているが、立場を履き違えていませんか。医師の診察を受けなさい」

それでも流川弁護士は遠藤の体調の悪さを訴えた。

「今日は証言に応じられますか」と裁判長の問いかけに、遠藤はふてくされた態度で

「無理」と言い放ち退廷した。そのふてぶてしい表情に一瞬法廷が静まりかえった。
　遠藤が退廷すると、本田弁護士による中村被告への質問が始まった。
本田　ぐったりしている藤原さんの死亡を誰がどのようにして確認したんですか。
中村　遠藤がタバコの火を首筋に何回か押し付けて確認しています。
本田　藤原さんはどうしていましたか。
中村　ピクリとも動きませんでした。
本田　その時、吉崎はどうしていましたか。
中村　火をつけた痕が水疱になり、遠藤と一緒にそれをボールペンの芯でつぶしていました。
本田　あなたはそれを黙ってみていたのですか。
中村　今から考えると、とんでもないことをしてしまったと後悔しています。
本田　遺体はどうしようとしたのですか。
中村　遠藤は結構冷静なところもあって、府中か立川あたりに行けば、多摩川の河原に捨てる場所はあるだろうと言いました。
本田　吉崎被告が「相模湖に沈める」と提案していますね。あなたは「橋から落とす」と言っているようですが。どこの橋から落とすつもりだったんですか。
中村　そんなことは言ってはいません。遠藤が「相模湖に架かる橋から落としちまえば簡単だ」と言ったら、吉崎が即座に「相模湖に架かる橋はどこも自動車が通り、人目につくからまずい。人目につかない場所で湖に沈めた方がいい」と言い出したんだ。俺は二人に死体を捨てる場所について指示なんか出していない。

本田　死体遺棄については、兄貴分のあなたをさしおいて勝手にしていたということでしょうか。

中村　もう勝手にすればいいと思っていました。

本田　暴行は、兄貴分のあなたの統率下で行われたのではなく、その時々の気の赴くままに行われたことであり、あなたの指揮下で行われた一貫した暴行ではなかったということですか。

中村　はい。俺の命令に遠藤は何一つ従ったことなんてありません。

本田　藤原さん殺害に関してあなたが指揮したことはないのですね。

中村　止めろと言えばよかったと後悔はしている。でも言っても結果は同じだったと思う。それどころかもっと大変な事態になっていたかも。

本田　どういう意味ですか。

中村　遠藤は一度暴走したらもう止められなかった。止めようものなら、兄貴分の俺にも弟分の吉崎にも、何をしてくるかわかったものではない。俺も吉崎も殺されていたかもしれない。

遠藤が退廷した法廷では、中村は雄弁だった。本田弁護士は中村の「兄貴分」という序列を否定する証言を中村から引き出し、遠藤が勝手に暴走し、藤原殺害を積極的に進めた、という印象を裁判官に与えようと必死になっているのがうかがえた。

一方、中村に好きなように証言させると、次回の法廷で遠藤はそのすべてを否定する証言を述べた。

さらに遠藤は中村、吉崎が出廷している法廷では自由に証言することができないと、藤原リンチ殺人については、二人と分離した審議を求めた。裁判所も流川弁護士の強い要請に、遠藤の主張を認めた。

２０〇〇年11月21日　東京高裁法廷

二人の対立をしり目に、藤原勉を殺害したのは遠藤、中村両被告で、格下の吉崎は巻き込まれたにすぎないといわんばかりの主張を展開した。鈴木弁護士は巧みにその様子を吉崎から導き出した。

鈴木　佐野の事務所であなたも暴行に加わったのですか。

吉崎　遠藤から「お前もやらんか」と言われ、兄貴分の二人がやっているのに自分も加わらないとヤキを入れられるかもしれないと思った。

鈴木　ぐったりしてしまった藤原さんの処理に誰が何を言いましたか。
吉崎　遠藤が「相模湖に架かる橋から落とそう」言い出しました。
鈴木　それであなたは何と言ったのですか。
吉崎　湖に架かる橋はヤバイと言っただけです。「沈めればいい」なんて僕は言っていません。
鈴木　相模湖に行くように誰かの指示があったのですか。
吉崎　なかったと思います。気がついたら多摩川の流域を走っていたんです。運転は中村がしていました。
鈴木　多摩川べりについてからどうしたのですか。
吉崎　三人でキャリーバッグを持って土堤の斜面を下っていきました。雑草が繁っている適当なところにバッグを置き去りにしました。

　中村、遠藤の主張が異なり、どちらに信憑性があるのかは吉崎証言に左右される。遠藤の弁護人、流川弁護士が吉崎に質問した。
流川　橋の上から遺棄しようと提案したのは、誰ですか。
吉崎　遠藤です。
流川　橋の上から落とそうという提案を、あなたはどのように受け止めていましたか。

吉崎　遠藤のハッタリとか、強がりだったと思っていました。
流川　あなたは八王子支部での証言で、佐野の事務所で藤原さんに暴行を加える時、「遠藤がやっているのだから、僕もやらなければまずいと思った」とか「手伝わなければならない」と証言しているが、義務感みたいなことを認識していたのですか。
吉崎　その時にはそのような意識は持っていなかった。
流川　では何故、藤原さんの暴行に加わったのですか。
吉崎　遠藤に「お前もやれ」と命令されたからです。
流川　多摩川での死体遺棄についても同じように命令があったのですか。
吉崎　そこでは命令はありません。
流川　命令がないのにどうしてバッグを運んだのですか。
吉崎　それは事務所で命令されていたので、その時もやらなければまずいと思いました。遠藤に逆らったら何をされるか、それが恐ろしかった。中村の手前というより、遠藤の目が気になっていました。
流川　あなたの意志で遺体を運んだのではないですか。
吉崎　兄貴二人の手前もあるので、そうやるしかなかったんです。わかってください。

吉崎は藤原勉リンチ殺人に関しては、あくまでも中村、遠藤に追随したと主張したいらしい。そうすれば殺意が否定できると吉崎は考えているのだろう。鈴木弁護士の入れ知恵なのかもしれない。橋の上から誰が落とそうと言い、湖に沈めようと言ったのが誰なのか、そんなことはどうでもいいと小宮は思った。

三人の証言は殺人の核心部分になると、とたんに整合性を失い、他者に責任を転嫁するといったことの繰り返しだった。

殺意の有無、殺人の実行行為を証言で明らかにしようと弁護士は考えているのだろう。まったく無意味な追及だ。法廷でウソを平然と並べ立てる神経、罪を仲間になすりつけようとする態度からしても反省の気持ちなどまったくない。何故なら三人は筋金入りのヤクザだからだ。

三　連続殺人

あの晩、いくら待っても静代は帰宅しなかった。外泊など一度もしたことはない。石川孝太郎も帰宅していなかった。その日の深夜、同時に二人の捜索願いを出した。その夜は一睡もできなかった。

翌朝、パートタイムで働いている食品会社から休みをもらい、心当たりのある友人にはすべて聞いてみたが、静代の行方はわからなかった。

捜索願いが出された三日目の午後、五十代とまだ二十代と思われる二人の刑事が訪ねてきた。白髪の交じった髪を七三に分けている年配の刑事は吉住、若い方は岡村と名乗った。清子は二人を居間に招き入れた。お茶の支度をしようとキッチンに入った。げっそりとやせ細った清子を見て驚いた表情を浮かべたが、吉住はキッチンに届くように言った。

「奥さん、おかまいなく。捜査に進展がありました。こちらに来て話を聞いてもらえませんか」

「二人の行方がわかったのでしょうか」清子が聞いた。

「いいえ」吉住は即答した。

吉住と岡村は座卓の前に正座した。

清子はポットと湯呑茶碗をお盆に載せて居間に戻った。お茶を差し出したが、二人は飲もうともしない。

「静代さんの交友関係なんですが、もう一度お聞きしたくてお邪魔しました」

吉住が来意を説明すると、岡村がポケットから手帳を取り出した。

「ご存じでしたらおっしゃってください。事件の関係者を現在捜査中です。名前は決して外部には漏らさないでください」岡村が念を押すように言った。

「遠藤隆文十九歳、中村信夫十九歳、吉崎誠十九歳。この三人と静代さんがどのような関係だったかわかりますか」

初めて聞く名前だ。

「その三人と静代の行方と何か関係しているのでしょうか」

清子は思わず声を荒げて聞いた。

「捜査段階なので何も答えることはできません」と相変わらず素っ気ない返事だ。

「まったく知らない人間です」

それだけを確認すると、二人の刑事はお茶には手も付けずに帰ってしまった。

夕方から玄関のチャイムが何度となく鳴り、新聞記者が次々に取材にやってきた。どこの社もインタビュー内容は同じだった。岡村らが挙げた三人と静代との交友関係を質問してきた。理由は翌日の朝刊を見てすぐにわかった。

死体遺棄容疑で少年二人が逮捕された。殺人とは書かれていなかった。一人は逃亡しているらしい。

清子は見ても見なくても、朝起きるとテレビを点けっぱなしにしていた。静代がいなくなり、一人で過ごしていると家の中がますます暗く沈んでいくような気分になった。テレビから流れてくる音声で気を紛らわせていた。

テレビから緊張した女性キャスターの声が流れてきた。映像はヘリコプターから撮影されたものだ。

〈私は今、相模湖の上空に来ています。今、ご覧になっている映像は相模湖です。先日、東京都立川市の多摩川河川敷で藤原勉さんと、ホームレスの鈴守大輔さんの二人が遺体で発見されるという事件が起きました。犯人はいずれも二十歳に達していない少年たちです。一人はいまだに逮捕されていませんが、逮捕された少年たちの自供により、藤原さん、鈴守さんの二人の他にもさらに二人を殺害し相模湖周辺の山中に死体を遺棄したと自供。今朝から警視庁と神奈川県警は合同で一斉に捜索を開始しました〉

画面には濃紺の制服に身を固めた機動隊が捜索をしている様子が映し出されていた。さらに望遠レンズが機動隊の隊員が相模湖周辺の山中に分け入っていく様子を捉えた。

スタジオの映像に切り替わった。メインキャスターの他に女性のアシスタント、さらには元検事の弁護士らがゲスト出演していた。

〈現在捜索が続けられているようですが、相模湖の事件現場から中継がつながったようです〉

女性アシスタントが現場のレポーターを呼んだ。

〈少年たちが遺体を捨てたとされる相模湖湖畔に来ています。中央道の相模湖インターを下りて、相模湖に架かる勝瀬橋を渡ると、深い緑の山々が視界に広がってきます。相模湖は一年を通じて行楽客が多い観光地です。今は秋の行楽シーズンの始まりということもあって湖の周囲はドライブを楽しむマイカーが途絶えることはありません。しかし、現場に来てわかったのですが、山に分け入る林道に一歩踏み込むと、昼間でも車や人の通りはほとんどと言っていいほどありません。少年たちは四日ほど前に死体を遺棄したとみられ、遺体は動物に食い荒らされている可能性もありますし、今年は九月に入ってからも真夏の猛暑日がつづきました。遺体は激しく損傷していることも予想されます。現在、機動隊員が横一列になり、雑草や木々の枝を切り落としながら、山の斜面を登っていくところです。現場からは以上です〉

再びスタジオの映像が流れた。

〈これまでの取材でわかっているのは、藤原勉さん、鈴守大輔さん、つまり多摩川河川敷殺人事件に深く関わっているのは三人の少年で、このうちの一人は現在逃亡中のようです。警察はその少年の行方を懸命に追っています。三人の少年が、相模湖殺人にも深く関与しているようですね。警視庁には何か新しい情報は入っていませんか〉

　メインキャスターの言葉に警視庁詰めの記者が応じた。

〈はい。警視庁記者クラブです。警視庁、神奈川県警は二人の少年の自供に基づき遺体の捜索を開始しました。一人の少年は関東地方に潜伏していると見て、当局は捜査を展開しています。今のところ遺体発見の情報はこちらには届いていませんが、すでに逮捕された少年たちの自供通り二人の遺体が発見されれば、戦後稀に見る凶悪な連続殺人事件ということになり、捜査のなりゆきが注目されます〉

〈すでに二人が無残にも殺されたわけですが、殺人の動機解明というのは進んでいるのでしょうか〉

　メインキャスターが尋ねた。

〈それが今のところ断片的な情報しか我々のところにも伝わってきていません。現在捜索中の二人については、どうも八王子市内で犯人グループは被害者を拉致し、金品を強奪、犯行が露見するのを恐れて殺害に及んだとみて捜査当局は厳しく追及しています。遺体が発見され次第、殺人の容疑で再逮捕する方針です〉

〈引き続き取材をお願いします〉

スタジオにカメラが切り替わると、メインキャスターが元検事にコメントを求めた。

〈三人は少年といってもいずれも十九歳、あと数ヶ月で成人になる年齢のようです。我々も報道していて歯がゆいものを感じるのですが、やはり少年法の壁に守られています。しかしですね、四人もの人を殺害している彼らを少年法で守るのもいかがなものかと思いますが……〉

メインキャスターは実名報道ができない現状に不満を述べた。

〈そうですね。少年法は更生の余地がある少年の人権を尊重して、報道にも慎重な対応を求めていますが、仮にですね、自供通り四人を殺害していると なると、裁判も厳しいものになることが予想されますね〉

〈といいますと?〉

〈まだ遺体も発見されていないのに判決の話をするのは早すぎるのですが、厳罰を求めている昨今の風潮からも、永山基準からみても極刑が言い渡される可能性もあります〉

――永山則夫。北海道出身、犯行当時十九歳、劣悪な家庭環境、極貧。四人連続殺人。死刑判決、そして執行。

永山の母親は清子と同じ青森県出身だった。少年犯罪でも死刑判決が言い渡される基準となり、永山基準と呼ばれるようになった。

テレビのニュースは芸能情報に変わった。

日没寸前に相模湖湖畔の山の中で二人の遺体が発見されたと、夕方の報道番組でニュースが流れた。

夜になり相模湖警察署から電話が入った。

「お嬢さんがデートに出かけた時の服装なんですが……」

あの日の夕方、高校の同級生で恋人の石川孝太郎が静代を迎えにやってきた。夏休みも終わったばかりで、まだ残暑は厳しかった。静代はブルーのブラウスにタイトなジーンズだったように記憶している。それを告げた。

「大至急、相模湖警察に来ていただけますか」

小宮清子は電話を切ると同時に、いつも出勤に使っている軽乗用車のアルトに乗り込んだ。

エンジンをかけるのと同時に携帯電話が鳴った。石川孝太郎の父親敏彦からだった。やはり相模湖警察から連絡があり、すぐ来るように言われたようだ。

「私もこれから向かいます。相模湖警察で会いましょう」

静代は高校の野球部のマネージャー、石川孝太郎はチームのキャプテンをしていた。高校野球の地区予選はいつも初戦で敗退していた。清子も応援に駆り出され、孝太郎の両親とも応援席で挨拶を交わしていた。

卒業後、静代は八王子市にある専門学校に進んだ。一日も早く自立したいというのが本人の希望だった。典型的な母子家庭で、清子にも大学に進学させるだけの経済的余裕はなかった。専門学校で社会福祉について学びたいという静代の進路に賛成した。

清子の夫、武は二十年前に神奈川県相模原市に建売分譲された二階家を購入した。厚木市にある大手自動車メーカーの中堅下請け部品メーカーで働くサラリーマンだった。その夫にがんが発見されたのは静代が中学に進学した頃で、その後入退院を繰り返し、静代が中学二年の時に亡くなった。

相模原市の自宅から事件現場の相模湖まで、中央高速道を使っても一時間近くはかかる。

清子は橋本から一六号線に入り八王子インターから相模湖インターまで中央高速道を走った。相模湖警察は国道二〇号線沿いにあった。

警察署の駐車スペースにはパトカー二台が止まっていたが、その真中に清子は車を止め、署内に入った。

受付にいた婦人警官に名前を告げると、婦人警官はカウンターから出てきて、「こちらへ」と言って清子をらせん階段で二階へと導いた。

長い廊下がつづき、両側にいくつもの部屋があった。廊下には一定の間隔をおいてベンチが三つ置かれ、奥のベンチに石川孝太郎の両親が肩を落として座っていた。清子が来たことはすぐにわかったようだが、立ち上がろうともしないで、二人とも両手で顔を覆ったままだ。

「何があったんでしょうか」鋭い口調で清子は尋ねた。

孝太郎の母親房子は喉をつぶされたような嗚咽を漏らした。

二人はすでに警察から事情聴取を受けていたようだ。婦人警官が清子を取調室に通した。

殺風景な部屋だった。部屋の中央に机が置かれ、向き合うように二脚ずつ椅子が置かれていた。

「ここでお待ちください。すぐに来ます」

婦人警官は清子に座って待つように告げると、部屋から出ていった。

入れ替わりに吉住、岡村の二人が入ってきた。

吉住刑事がビニール袋に入れられた時計を机の上に置いた。

清子はビニール袋を手に取った。

「見覚えはありますか」

岡村刑事が聞いた。

時計のバンドやネジの部分にはどす黒い血がこびりついている。

「娘のものです」

静代から頼まれて帰宅途中の量販店で清子が買ったものだ。

「ではこちらの写真を見てください」と吉住が、岡村に目で合図を送った。

岡村がA４大の茶封筒を持って清子の横にきた。中から一枚の写真を取り出すと、清子に示した。

白黒の写真だが、髪が血で固まり、顔は倍以上に腫れあがり、痣だらけで耳からも血が流れ落ちていた。

清子は絶句した。

「お嬢さんに間違いないですね」

吉住が念を押すように聞いた。

一見しただけでは静代とはわからない。しかし写っているのはまぎれもなく静代だった。誕生日にプレゼントしたネックレスと左頬のホクロが決め手になった。

「お気の毒ですが、お嬢さんは亡くなられました」

岡村が言った。

それでも清子には事態がのみこめなかった。悲しいとも感じないし、涙も出てこない。何が起きたのか、想像することさえできない。

「ご遺体はK医科大学の方へすでに司法解剖に回されています。もうすぐ戻ると思いますので、ここでお待ちください」

吉住はこういうと、二人とも部屋から出ていった。

粘着性のオイルが一滴、一滴と滴り落ちるようなもどかしい時間が過ぎていく。

〈ホントに静代は殺されたの〉

実感はまったくない。突然、刑事から娘の死を告げられた。それまでの経緯はまったくわからない。見せられた写真には、変わり果てた静代が写っていた。しかし、清子は雲の上を歩いているようなおぼつかない気持ちで、まるで悪い夢でも見ているとしか感じられない。

間もなくノックする音が聞こえた。ドアが開き、部屋まで案内してくれた婦人警官が「地下一階まで」とだけ言った。

すでに石川夫婦の姿は廊下にはなかった。

彼女の案内で地下一階に降りた。建物自体が古いせいか、地下室の天井は低く、壁面にもいくつものシミが滲みでていた。階段からはまっすぐに廊下が伸びていて、突きあたりが非常口になっていた。

廊下の中央に位置する部屋の前で、吉住と岡村の二人が立っていた。

清子が来たことを知ると、ドアを開けて中に入った。清子も刑事の後につづいた。

キャスターに載せられた棺が目に飛び込んできた。

吉住が棺の窓を開けた。

「確認してください」

清子は窓に歩み寄った。清子は何かの間違いであってくれたらと祈る思いで覗きこんだ。頭、首、顎の部分まで包帯を巻かれていて、見えたのは顔の部分だけだった。痛みを堪えようとしたのか、悔しかったのか、歯を食いしばり顔は歪んでいるように見えた。

「お嬢さんに間違いないですね」

岡村が確認を求めてきたが、返事ができるような状態ではなかった。静代の顔を見ると悲鳴を上げ、清子は棺の上に泣き伏してしまった。

「これから警察の車両でご自宅までご遺体をお連れします。お嬢さんの無念を晴らすためにも捜査に協力してください。我々も同行します。お嬢さんの交友関係がわかるような資料があれば提供していただきます」

相模湖警察署から自宅までどの道を走って帰ってきたのかよく覚えていない。自宅前にはすでにパトカーと棺を乗せた車両が到着していた。清子が玄関のドアを開けた。棺が運び込まれた。

居間に安置すると、二階の静代の部屋に清子は二人の刑事を案内した。机の中からスケジュール手帳が出てきた。住所欄には友人の名前と電話番号が記されていた。手帳の間には若い女性の写真が三枚挟まれていた。二枚はアップの写真で、残りのもう一枚には静代と一緒に写っていた。

「誰だかわかりますか」吉住が聞いた。

見たことも会ったこともない女性だった。刑事は手帳と写真を持って帰っていった。


——異様な葬儀だった。

静代の遺体は全身包帯で巻かれ、その上に白装束を身にまとっていた。一瞬見た静代の写真は血で汚れていただけではなく、顔には泥もこびりついていた。体を拭いてやりたいと思ったが、すぐに無理だとわかった。

露出しているのは顔と手だけで、胸元で両手が組まれていた。

静代と同じ現場で、やはり殴打され無残に殺された石川孝太郎と斎場も日付も重なった。高校の同級生や共通の友人が静代の焼香をすませると石川の祭壇に向かい、石川の焼香をすませた友人が静代の方へ回ってきた。

石川孝太郎の遺体は激しく傷ついていたようだ。特に左手は人差し指と中指の間が真っ二つに裂け、縫い合わされていたらしい。

葬儀から二日目、清子は犯行現場に向かった。中央高速道を相模湖インターで降りて、市街地を抜け相模湖に架かる勝瀬橋を渡る。日連という地区で湖岸にはラブホテルと飲食店が数軒あるだけで、背後には山が迫っている。清子はその山に入っていく林道にアルトを進めた。道はやがて行き止まりとなり、そこで清子はエンジンを切った。

山の中腹で雑木林の斜面を下っていけば相模湖の湖岸に辿りつく。車から降りて、人が踏みしめたような細い道をしばらく歩くと、斜面の雑草をすべて刈り取った場所に出た。

そこには花束やジュース、菓子類が山のようになって置かれていた。周辺の住民や同級生が来て供えてくれたものかもしれない。

清子は斜面を下ってみた。湖岸すれすれのところにチョークで遺体跡がなぞられ、そこから五、六メートル離れたところにもう一つ遺体の跡がマークされていた。静代と石川孝太郎が殺され、遺棄されていた場所だろう。たぎる怒りだけが清子を支えていた。

清子は持ってきた花を二ヶ所に供え、線香に火をつけて手を合わせた。

刈り取られた雑草の中に拳を二つ合わせたくらいの大きさの黒い石が見えた。清子は近寄りその石を拾い上げた。

黒く見えたのは血が付着していたからだ。

刈られた雑草をかき分けてみると、その下からは同じように血糊が着き、赤黒くなった石が無数に散乱し、刈り取られた雑草にも血がしみ込んでいた。二人の遺体から夥しい量の出血があったことは明らかだ。

〈絶対に許さない〉

犯人が逮捕されたのと同時に、毎日のように新聞記者がインターホンを押した。どの記者も質問は同じで、犯人に対する気持ちを聞かれた。しかし、殺されるまでの経緯も理由も一切わからない。

「犯人が憎い。静代を生きて返せと言いたい」

それしか答えようがなかった。取材にきた記者に三人の名前をどうして知ったのかを清子が尋ねると、記者クラブを通じて警察から実名は発表されるが、少年法の意義を尊重し、実名は伏せて報道しているという説明だった。

「罪を犯したとはいえ、彼らにも将来があるので、それを考慮してのことです」

同情などしてほしくないが、しかし、すべてを奪われた被害者より、罪を犯した少年の将来を考えて報道する姿勢に清子は割り切れない思いを抱いた。

しかし、取材を断わるわけにはいかない。警察からはなんの情報も提供してもらえない。警察の記者クラブを通じて発表された事実がすべて報道されるわけではない。清子はどんな情報でもほしかった。取り調べの進展状況も犯人についての情報も、彼らからしか得られないのだ。

〈何故、静代はあんな連中に殺されなければならなかったの？〉

事件のあった夜、どのようにして相模湖まで連行されたのか、詳しいことは何も報道されなかった。

静代と石川孝太郎は高校の同級生同士で、犯人グループとの交流などなかった。しかし、藤原勉の素性はすぐに明らかになった。藤原勉は犯行グループの仲間の一人らしい。

藤原の遺体は多摩川河川敷に遺棄された。その現場に居合わせたホームレスの鈴守大輔も口封じのために殺されてしまったようだ。異臭に気づいた近くに住むホームレスによって二人の遺体は発見された。

逮捕のきっかけとなったのは、タクシードライバーからの通報だった。現場近くに止めてあったシビックのカーナンバーをいつもその周辺で仮眠を取っていたタクシードライバーが不審に思って記憶していたようだ。

清子は青森県出身で、中学を卒業すると集団就職で上京した。日本が高度成長を迎える直前で、中卒は「金の卵」などと呼ばれ、重宝がられた。しかし、実際は過酷な労働に耐えきれず、数年で多くの若者が退職していった。

自動車メーカーに部品を供給する下請け工場は、親会社の発展とともに成長を遂げてきた。下請け工場は現在では協力企業と呼ばれているが、大手メーカーの景気に左右されるのは以前とまったく変りない。すべて人の力で行ってきた作業も最近では機械化が進み、以前とは比較しようもなく肉体的負担は軽減された。

新規採用も中学卒を採用するケースはほとんどと言っていいほどない。工業高校卒業者が以前の中卒の仕事に振り分けられ、理科系大学卒業者といえども扱いは昔の工業高校卒業者レベル、大学院卒がようやく大卒並みの待遇となる。

昔と変わりないのは、採用する高卒者の多くを東北六県から採用していることだ。東京近郊の高卒者は多少賃金がよくてもすぐに退職してしまう。その点、東北出身者はねばり強く働いてくれるというのが、東北六県から採用する理由だとベテランの人事部長が言っていたのを清子は記憶している。

清子自身、何度も退社を考えたが、結局、転職もせずに武と結婚するまで、最初に就職した会社で働き続けてきた。

二人は三年の交際を経て結婚し、長女の静代が生まれた。

以前は借家住まいだったが、相模原市に分譲住宅を購入した。将来建て替える時に、二世帯住宅も可能になるような敷地面積の広い住宅を選んだ。夫婦共稼ぎで働けば、なんとかローンの支払いは可能だった。

清子はふと悪夢を見ているような錯覚に陥った。こんな現実が起こるはずがない。いったい何をしたというのか。青森から集団就職で上京し、それからはただただ愚直に働いてきた。そして夫を失ってからも必死になって静代を育ててきたのだ。

朝起きると、清子はパンにインスタントコーヒーで朝食を摂りながら、朝刊を端から端まで読みあさった。犯人の一人はまだ逃走中で逮捕されたというニュースは流れていない。自宅周辺に張り込んでいた新聞記者も年が明ける頃には一人もいなかった。新たな情報は時折訪ねてくる新聞記者から得るしかなかった。

翌年一月の成人式当日も清子は朝刊に目を通していた。文字を目で追っているだけで内容が意識の中に入ってこない。玄関の方から人の気配がした。

インターホンも押さずにいきなり声が響いてきた。

「おばさん、来たよ」

清子は玄関のドアを開けた。門扉の前にスーツを着込んだ、静代の高校の同級生や晴れ着で着飾った専門学校の友人らが立っていた。

「成人式は？」

「これから。その前に静代に会って行こうと思って……」

清子は友人らを家に上げた。コーヒーを淹れる用意を始めた。仏壇に線香を上げ、彼らは成人式に向かった。その後も成人式を終えて違うグループが入れ替わり立ち替わりやってきた。

その日は夕方まで来客がつづいた。彼らはまるで静代がそこにいるかのような会話をして、次のグループが来ると帰っていった。彼らの会話に清子も心を慰められ励まされた。

彼らが去ると、また一人だけの重い沈黙がのしかかってきた。

それから二日後、逃亡していた一人が逮捕されたと一段記事で掲載された。記事には「主犯格と見られる少年」と記され、例によって実名は記されていなかった。遠藤隆文が逮捕されたのだろう。その後、続報があるのではないかと毎日、新聞を注意して読んでいたが、続報は何もなかった。

相模湖警察に問い合わせても、捜査中の事案は話すことはできないと相変わらず素っ気ない返事が戻ってくるだけだった。

どうやったら犯人についての情報が得られるのか。石川孝太郎の家族に連絡をとってみても、結果は同じだった。他の二人はどんな状況で殺されたのか。元仲間の藤原勉、鈴守大輔らの家族はどんな思いでいるのだろうか。遺族に連絡して少しでも情報が得られればと思うが、家族の住所さえわからない。なす術もなく時間だけが過ぎていく。

四　敵討ち

長女の静代を殺され、小宮清子は茫然自失の日々を送っていた。桜の開花宣言が出された日曜日の朝、新聞に折り込まれている相模原市の広報を何気なく開いた。いつもなら読んだことのない広報に一ページ一ページ目を通した。「市民法律無料相談会」とゴシック体で印刷されたタイトルに目がいった。

広報には相談会の開催日時と場所が記され、弁護士が相談に応じると記されていた。

「行ってみよう」

清子は思わず叫んだ。事件についての情報をどうやったら得ることができるのか、弁護士なら助言してくれるだろうと思った。

相談会の当日、清子は車で相模原公民館に向かった。相模原市主催の無料相談会だから、弁護士費用はかからないのだろうが、普通ならどれくらいの相談料を取られるのだろうか。公民館に着くと、一階の会議室入口前にはすでに列ができていた。最後尾に並んだ。会議室には机と机が少し距離を置いて五つ並んでいた。

清子の受付の順番が回ってきた。窓口で事件のあらましを伝えようとすると、受付係は「相談はそれぞれの先生にお願いします」と言って、「相談時間は二十分です。

他にも相談者が来られますので制限時間は順守してくださいと付け加えた。

「それでは五番の大貫先生のところで」と言って、五番の机を指した。

それぞれの机の前部には極太のマジックインキで番号と弁護士名が記されたＡ３用紙が貼られていた。大貫は五十代半ばだろうか。白髪が多く、度の強そうな眼鏡をかけていた。その容貌から何故か清子は冷たくとっつきにくいのではという印象を受けた。清子が椅子に座り、「よろしくお願いします」と挨拶しても、「はい」と一言答えただけで、それ以上の言葉は返ってこなかった。

普段は学歴コンプレックスなど抱いたことなどない。しかし、大貫弁護士は一流大学を卒業し、難しい司法試験を合格し、年齢からみてもベテランの域に達し、老練な感じがした。そう思うと清子はなおさら気おくれした。

清子は自分の長女が少年三人によって殺され、犯人は逮捕されたが、事件の詳細がわからないでいると説明した。大貫弁護士は不必要なことはしゃべらずただ黙って清子の話に耳を傾けていた。

清子の話が要領を得ていたかと言われれば自信はない。事件の経過は説明したが、どうしたいのか、何を知りたいのかを大貫弁護士に話していなかった。どう質問したらいいのかさえ清子にはわかっていなかった。事件の経緯を説明すれば、大貫弁護士が的確な助言をしてくれると勝手に思い込んでいた。

「それでどうされたいのですか」

大貫弁護士が清子に聞いた。

〈真実が知りたい〉

それが本当に聞きたかったことだが、その言葉が出てこなかった。そんな質問はすべきではないと何故だかわからないが、清子はそう考えてしまったのだ。

「犯人たちが許せないんです」

清子はパートタイムとして働きながら堅実に暮らし、長女は専門学校で福祉を学んでいたと説明した。事件には関係ないとわかると、大貫はそれを途中で制止した。大貫弁護士は腕時計を見た。残りの時間は三分しかなかった。

「犯人に対して損害賠償、慰謝料請求のための民事訴訟は起こせます」

清子には大貫弁護士の説明が理解できなかった。「損害賠償」「慰謝料請求」「民事訴訟」の意味がまったくわからなかった。どういう意味なのか聞きたかった。自分の娘の命が奪われたのだ。無知に対する恥ずかしさなどなかった。しかし、それをためらったのには理由がある。事務的な大貫弁護士の説明に、娘を殺された親に対する思いやりのようなものが一切感じられなかった。暖かみがまったく感じられなかった。

表情を固くする清子にまずいと思ったのか、大貫弁護士が言った。

「間違いなく勝ちますが、勝っても惨めな思いをするだけですよ」

「勝つ」という意味も、何故「惨めな思い」をするのか、清子には中学生が大学の法学部の講義を聞いているようで理解できなかった。冷ややかでさらに突き離されたような説明に清子は「ありがとうございました」と礼を言ってから席を立った。

大貫弁護士は制限時間内で精いっぱいの説明はしてくれたのだろうと思う。しかし、ほとんど理解することができなかった。惨めだった。口惜しかった。自分の無知に腹が立った。

このまま静代は殺され損で、清子自身も真実を知らないまま朽ち果てていくのだろうかと思うと、無力感に苛まれた。

いつの間にか春も過ぎ去っていた。季節感どころか日々を過ごしているという感覚さえない。時が止まったようで、昨日と同じ今日があり、明日も同じように思えて生きていく張り合いさえ失ってしまった。毎日コンビニ弁当を作りつづけていても、静代が元気でいる時は仕事に張りが感じられた。今はそれがまったくない。

三週間ほど前に梅雨入り宣言が出され、出勤途中で霧雨が降り始めた。駐車場に車を入れていると、その横に同僚の車が入ってきた。

車を下り、ロックしている清子に同僚が話しかけてきた。

「ついに始まりましたね」

「エッ？」

清子は意味がわからなかった。

「朝刊に犯人たちの裁判が始まったって記事が出ていましたよ」

少年が凶悪な犯行を犯した場合、刑事処分にすべきだと家庭裁判所が認めた場合、事件は検察庁に送られ、大人と同じ裁判を受けることになると新聞に解説されていた。しかし、いつ起訴され、初公判がいつ開かれるのか、清子は知らなかった。見落としたのかもしれない。

同僚の言葉に清子は工場に入ると、総務室に飛び込み朝刊を見せてもらった。日本経済新聞しか取っていないが、日本経済新聞にも初公判が開かれたという記事は掲載されていた。

「こっちにも記事は出ていましたよ。よかったらどうぞ」

清子が裁判の記事を読みたがっていることがわかると、小さく折りたたんだ新聞を係長が渡してくれた。

記事はいずれも東京地裁八王子支部で初公判が開かれたという程度の内容で、具体的な記述は何もなかった。

裁判を傍聴するにはどうすればいいのか。誰に聞けば教えてくれるのか。大貫弁護士にはもう相談したくなかった。

「次の裁判はいつなんですか」

新聞を穴のあくほど見つめている清子に係長が聞いた。

「わかりません。少年事件ということで、何の知らせもないんです。どうしたらいいでしょうね」

清子は藁にもすがる気持ちで係長に言ってみた。

「弁護士会に行って相談にのってもらったらいいのではないでしょうか」

「弁護士会ですか……」

「会社の顧問弁護士はいるんですが、こうした事件まで相談にのってもらえるような契約にはなっていないので、弁護士会に行くのがいいと思いますよ」

係長は東京弁護士会の住所と電話番号を書いたメモを清子に渡してくれた。

その日の午後、早退届を出して、清子は東京弁護士会に向かった。地下鉄霞ヶ関駅を出て、地図を頼りに東京弁護士会を訪ねた。

受付で弁護士に相談したいと告げると、どのような相談かを聞かれた。

「娘が未成年者に殺されたんですが、どうしたら裁判を傍聴できるのか、その方法を教えてもらいたくて来ました」

市の無料相談会の苦い経験があったので、予め質問すべきことを決めておいたのだ。

それをぶつけると、対応に当たった女性は、「裁判なら誰でも傍聴できますよ」と答えた。

清子は事件の概略を伝え、初公判の記事を女性に見せた。受付は八王子支部の電話番号を記し、次回の公判日程はすぐに教えてくれると言った。裁判所に出入りすることなど一生ないと端からそう思い込んで生きてきた。裁判を傍聴するには難しい手続きを経た上でなければ傍聴できないと思っていた。

「傍聴希望者が多い場合は抽選になる可能性もあるので、それも八王子支部に問い合わせた方がいいですよ」

女性は親切に教えてくれた。傍聴の仕方はわかった。この受付に尋ねれば、親身になってくれる弁護士を紹介してくれるかもしれないと思った。紹介を頼んでみると、彼女は東京弁護士会内にある弁護士紹介センターに行くように清子に言った。

紹介センターに行って事務局スタッフに事件の概略を説明するように言われた。清子とほぼ同じくらいの年齢の男性スタッフに警察の一報を受けてから初公判が開かれるまでの経緯を話した。事務局は少年事案をよく引き受けている弁護士だと言って三つの法律事務所を紹介してくれた。

「人権派の頼りになる先生たちですよ」

流川弁護士の事務所はＪＲ田町駅近くにあった。芝税務署が目と鼻の先の距離にある。小さな雑居ビルでエレベーターはなく、各階に一室しかないようだ。梅雨にしては強い雨が降りしきり、ビルに入る前に傘を振り雨の滴をきった。鼻がくっ付きそうな急角度でしかも一人歩くのがやっとというほど狭い階段で三階に上がった。ドアの前に置かれた傘立てに傘を入れた。

　ドアに「流川・寺尾法律事務所」と記されている。二人の弁護士が組んでいる事務所なのだろう。ノックすると「どうぞ」と女性の声がした。中に入ると右手に小さなカウンターがあり、その奥に三つ机が並び、奥の二人が弁護士らしい。

　左手にはパーテーションで区切られた小さな部屋が二つ設けられていた。部屋の壁に備えられた本棚には判例全集が並んでいた。

　手前に座っていた中年の女性がカウンター越しに清子の対応に当たった。

「どのようなご相談でしょうか」

「東京弁護士会の紹介センターでこちらの事務所を紹介していただきました。娘が殺され、その件でご相談したいことがあります」

　清子の声が届いたのか、二人の弁護士が顔を上げ、清子の方を見た。パーテーションで仕切られた手前の部屋に通された。

「こちらに名前と住所をお書きになってお待ちください」

　女性から書類を渡され、書き終えると同時に弁護士が入ってきた。名刺を渡された。

「流川達彦」と記されていた。

流川は三十代半ばくらいだろうか。髪をきれいに分けているが、瞬きを何度も繰り返し、神経質そうに見えた。

「どのようなご相談でしょうか。先ほどお嬢さんが殺されたとおっしゃっていましたが」

清子は事件の詳細を自分で説明する前に、新聞の切り抜きコピーを机に広げた。事件の概略を伝えるにはその方が手っ取り早く、要領よく相手に伝えることができる。

コピーを手に取り、目を通したが流川はすぐに机の上に放り投げた。

「この事件のことは知っています」

「殺された小宮静代は私の長女です」

「それで敵討ちでもするつもりでこの事務所に来たんですか」

流川は喧嘩をふっかけているような口調で言った。

「敵討ちですか……」清子は訝りながら聞き返した。

「どうしてこの事務所を選んだんですか」

流川は場違いなところへ何故現れたのだと言わんばかりだ。

紹介センターの名前を出すと、流川は苛立ちながら「紹介センターを呼んで」と女性の受付に命じた。電話はすぐにつながった。

「今、小宮清子さんという依頼者が来ているが、どういう理由で私を紹介したんだね」

流川は尖った声で聞いた。相手が事情を説明しているのだろう。流川は「うん、うん」と何度も頷いている。

「行き違いもあるのだろうけど、こうした重要な案件は一度事務局を通してくれ。二度とこんなことがないように。相談に来られた方にも失礼だし、依頼者との信頼関係にも問題が生じる」

こう言って電話を切った。

「せっかく来ていただいたが、私どもの事務所ではあなたの相談に応じることはできないんだ」

「はあ？」

清子は何が起きているのか見当もつかなかった。

「私はこの事件の容疑者から、依頼を受けている。つまりあなたのお嬢さんを殺したとされる犯人の一人の弁護人を引き受けてしまっているんだ」

流川の説明で合点がいった。清子は敵陣に助けを求めにやって来たようなものだ。いくら紹介センターから聞いたとはいえ、そんな法律事務所にのこのこやってきた自分が本当に愚かな人間に思えた。

清子が席を立つ前に流川は「忙しいので失礼」と無愛想に答えると、自分の机に戻って行ってしまった。傲慢で人を見下しているのがありありとうかがえる。清子は事務所を出て、通りに出た。相変わらず雨が降りしきっていた。山手線で新宿に向かった。

弁護士に相談することが誤りなのだ。弁護士は罪を犯した犯罪者の弁護をするのが仕事で、被害者側の言い分など聞いてくれるはずがない。それなのに弁護士を頼ろうとして二度も同じ過ちを繰り返した。

新宿駅に着くと、清子は紀伊国屋書店に向かった。弁護士が味方になってくれない以上、自分で情報を手に入れ、真実を知るしか方法はない。中学を卒業して社会に出たが一般常識程度の知識はある。清子は小六法と法律用語辞典、広辞苑、『現代用語の基礎知識』を買って帰宅した。

流川の対応には腹が立つ。しかし、一言だけいいことを言ってくれた。

――敵討ち。

そうだ。これは静代の敵を討つための闘いなのだ。真実を明らかにし、静代を殺した殺人犯に最大限の刑が科せられるのを見届けるのが親としての責務だ。

裁判の傍聴は誰でもできる。それなら裁判を毎回傍聴すれば、何が静代に起きたのかわかるはずだ。ただ裁判に用いられる言葉は清子には理解できなかった。新聞やテレビで聞くことはあっても正確な意味まではわからない。法廷でのやりとりを理解するためには、小六法や法律用語辞典はどうしても必要になるだろうと思って購入したのだ。

帰宅すると座卓に分厚い本を並べ、小六法を開いた。最初に捲ったのは少年法のページだった。

流川と会った翌日、清子は東京地裁八王子支部に電話を入れた。小宮静代が殺された事件の法廷を傍聴したいと告げたが、被害者の名前では法廷の期日がわからなかった。概略を伝えると、「少年らによる殺人事件ですね」と確認を求めてきた。

「そうです」

「これから公判期日を問い合わせる時は、少年三人による三多摩連続殺人事件と聞いてもらえれば、すぐに調べられます。三回目の法廷が九月第一週火曜日に予定されています。今のところ先着順で傍聴者を選んでいますが、抽選になる可能性もあるので直前になってもう一度確認の電話をいただけますか」

八王子支部の受付は丁寧に裁判期日と傍聴の方法について教えてくれた。

二回目の法廷はすでに開かれていたが、記事になっていなかった。これからどれくらいの歳月をかけて裁判が行われていくのかわからないが、清子はすべての法廷を傍聴するつもりだ。

清子は時間さえあれば、少年法のページを、老眼鏡をかけて読んだ。わからない語句はすぐに法律用語辞典を引いた。その説明を読んでもわからない文言が出てくる。その時は広辞苑を引いた。

まだ残暑は厳しかった。八王子支部は国道二〇号線沿いにあり、裁判所前のイチョウ並木はまだ青々とした葉を付けていた。清子はコインパーキングに車を入れ、八王子支部に急いだ。開廷は午前十時だが九時二十分には着いてしまった。玄関を入り正面にある受付で、

「三多摩連続殺人事件を傍聴したいのですが……」

受付はノートを開き、法廷を確認すると「三〇一号法廷で十時からです」と言った。

「被害者の家族なんですが、法廷でメモを取ってもかまわないでしょうか」

「ええ。筆記するのはかまいませんが、法廷で写真を撮影するのは禁じられています。携帯電話等はこちらに預けるようにしてください」

携帯電話や必要のない荷物はロッカーに預けた。清子の手には新しい大学ノートが握られ、胸のポケットにはボールペンが差されていた。三階に上がると、三〇一号法廷の前には誰もいなかった。小さなのぞき窓が付いたドアがあり、中を見ると誰もいない。開けて入ろうとしたがカギがかかっていた。

十分前になり、ようやく職員がきてドアを開けた。法廷はテレビドラマで見るのと

同じだった。それほど広い法廷でもなく傍聴席は三十人が座ればいっぱいになってしまう。清子は最前列真ん中の席に座った。傍聴席と法廷との間には高さ一メートルもない柵があるだけだ。

開廷数分前に傍聴席と法廷を隔てる柵の端に設けられた扉を開けて、四人が法廷内に入った。四人とも大きな鞄を持っている。一人は傍聴席から見て左側の席に座り、三人は右側に座った。三人の中の一人には見覚えがあった。

相変わらず神経質そうに瞬きを頻繁に繰り返している流川弁護士だ。

左側に座ったのが検事だろう。

開廷直前になり、傍聴席は八割程度埋まっていた。どんな人たちがこの事件に関心を持っているのだろうか。自分と同じ被害者の家族がいるのかもしれない。あるいは犯人たちの家族や関係者の可能性だってある。

清子は何気なく周囲や後ろの席に座った人の顔をそれとなく見てみた。やがて法廷前方の右手にあるドアが開き、手錠をされ、腰ひもで縛られた男が三人入ってきた。彼らは三人とも色は違うが上下揃いのジャージーにサンダルを履いていた。臆することなく傍聴席を鋭い視線で睨みつけている。

傍聴席の誰かと視線が合ったのか、一瞬、穏やかな表情を見せる。知り合いでも傍聴席に来ているのだろう。四人もの人間を殺したという罪悪感を抱いているようには見えない。悪擦れしている態度というようなものではない。殺された被害者の家族が傍聴しているかもしれないと想像すらしないのだろう。あるいは被害者家族を威圧するのが目的なのだろうか。

法廷に入ると三人は両手を堂々と突き出した。刑務官によって手錠が外されたが、卑下している様子などまったく感じられない。弁護士の前の席に刑務官に監視されながら座った。

清子が集団就職で上京して間もない頃だった。横浜線橋本駅で護送される犯罪者を見たことがある。どこに護送されるのかわからないが、刑事二人に囲まれ、腰ひもを結ばれ、両手には手錠がかけられていた。しかし、手錠が見えないようにその上からはハンカチが結ばれていた。犯人も衆人環視の中でただ黙って俯いているだけだった。そんな記憶がふと蘇ったが、彼らにはそうした後ろめたさが何もないのかもしれない。

裁判官席の前に二人が並び、もう一人の職員が、「裁判官が入廷します。全員起立」と声をかけた。

弁護人、被告、検察官、それに傍聴席すべてが起立し、裁判官を迎えた。正面の裁判官席は一段高い所にあり、裁判官用のドアから三人が入廷し着席した。

初公判、二回目の法廷を傍聴することはできなかった。どのような流れなのか、三回目は何が審議されるのかわからなかった。清子は一言一句、聞きもらすまいと大学ノートを広げた。

三人の被告がいるが、誰が遠藤隆文で、中村信夫、吉崎誠なのか区別がつかない。前回の公判で、罪状認否は行われていたが、細部に三人の被告は異議を申し立てたらしく、そのつづきが行われようとしていた。

遠藤隆文、中村信夫、吉崎誠らは恐喝、強盗致傷、傷害、監禁、強盗殺人、殺人、死体遺棄、強姦罪、暴力行為等処罰に関する法律違反で起訴されていた。

清子は裁判長が発する言葉をとにかくノートに書き記した。漢字を思い浮かべている余裕などない。平仮名を書きなぐった。

清子は三人の被告を鬼のような形相で見つめた。三人を刑務官が監視し、傍聴席にも裁判所の職員らしきスタッフが傍聴席の警備に当たっている。しかし、柵は簡単に乗り越えられる。ナイフをどこかに隠し持って、静代をなぶり殺しにした犯人の心臓に突き刺してやりたいという衝動にかられる。

起訴状に対する被告たちの主張がなされるようだが、清子にはその起訴状さえない。ただ裁判長と被告側の弁護士とのやりとりを聞いているだけだ。ノートにペンを走らせるが、初めて傍聴する裁判で、戸惑うばかりだ。裁判長、検察官、弁護人それぞれが起訴状に目をやりながら進行させていくが、起訴状が手元にないので三者の審議が理解できない。

それでも清子はただひたすら三者のやりとりを筆記した。まったく収穫がなかったわけではない。静代を殺した犯人たちの素顔を見ることができた。そして彼らの弁護人の名前もわかった。

遠藤、中村、吉崎は起訴状について全面的な否認はしなかったが、一つ一つの事実について詳細に反証していくと争う姿勢を見せていた。

三人の被告は自分たちが裁かれているという意識が薄いのか、視線を傍聴席に送り、誰かと目で合図をしているような素振りを何度となく見せた。ふとした瞬間に審議が途切れ、清子の手が止まる。被告たちは清子の射るような視線を感じるのか、一瞬彼らの視線と絡み合う。

その後も気になるらしく、何気ないふりをしながら清子に視線を向けてくる。反省どころか人を殺したことで箔が付くヤクザの世界で三人は生きているのだろう。組長の命令を成し遂げた組員のような誇らしささえ体から醸し出している。そうとでも考えなければ、三人の態度は理解できない。

一時間ほど法廷でのやりとりがつづいていたが、吉崎が後を振り返り鈴木弁護士の耳元で何かを囁いた。残暑が厳しく法廷内も蒸し暑かった。額の汗をハンカチで拭きながら、真新しいスーツを着込んだ鈴木弁護士が苦笑いを浮かべながら言った。

「裁判長、被告が尿意を催しているので、退廷をご許可していただけないでしょうか」

裁判長は退廷を認めた。吉崎は刑務官に手錠をはめられた。刑務官二人が付いた。入ってきたドアから出ると吉崎は、法廷の方に向き直って、裁判官席に向かって一礼した。

そのまま審議は続けられ、五分もせずに吉崎は法廷に戻ってきた。深々と下げてから法廷に入った。吉崎は逮捕される以前から、こんなに礼儀正しい生活を送っていたのだろうかと清子はふと思った。裁判官への印象を少しでも良くしようと小細工をしているようにも思える。

吉崎が退廷した後も鈴木弁護士は人を小バカにするように笑いを口元に浮かべていた。四人もの人間が殺された事件を裁く法廷なのに、意味のない笑みを浮かべる鈴木弁護士に軽い怒りと苛立ちを感じた。

審議はつづき、昼休みに二時間の休憩をはさんで午後二時から再開された。午後四時まで審議がつづいた。ノートは半分まで走り書きで埋め尽くされていた。

裁判官が退廷すると、検察官、弁護士も書類をまとめ法廷から出た。被告たちは再び手錠をかけられた。傍聴席を見渡し、入ってきた時と同じように目で誰かに合図を送っていた。清子にはそう見えた。被告の視線の先には、被告らと同年齢で同じように鋭い視線とヤクザのような風貌をした連中が数人いた。

すべての傍聴人が退出し、法廷には清子だけが残された。傍聴席から立つ気力さえなかった。

「こんな裁判がいつまでつづくのかしら……」

裁判所職員に退廷するように促された。重い足取りで法廷を出ると、階段を使って一階に下りた。

起訴状もなく裁判の成り行きを傍聴していても、何について審議しているのか、セーターの上から背中をかいているようなもどかしさが付きまとう。清子は一階にある八王子支部事務所に入った。

「ご相談があるのですが……」

カウンターがありその中で裁判所職員が書類に目を通している。中年の女性が椅子から立ち上がりカウンターのところにやってきた。

「どのようなご用件でしょうか」

清子は「三多摩連続殺人事件」の起訴状がほしいと言った。

女性職員は清子をまじまじと見つめ、訝る表情を浮かべ聞いた。

「あの……。マスコミ関係者でしょうか」

「はあ？」

清子には質問の意味が理解できなかった。

「娘が殺され、今日初めて裁判を傍聴したのですが、起訴状があればもっと詳しく裁判の内容を理解することができると思って……」

「そうですか。でも裁判所としては起訴状を被害者遺族とはいえお出しすることはできないんです」

「検事さんにお願いしたらどうなのでしょうか」

清子が食いさがるように尋ねた。

「検察官に頼んでも同じことです。裁判記録を関係者以外にお見せすることはできないんです」

女性職員は申し訳なさそうに説明した。

殺人犯といえども少年法によって彼らは守られている。事務室を出た清子は裁判所を出ようと思ったが、受付横の壁面に掛けられていた各フロアーの案内掲示板に何気なく目がいった。四階に記者クラブの部屋がある。

清子はエレベーターを使って四階に上がった。傍聴席には八席ほど記者席と記された席があった。彼らはコピー用紙を捲りながら、時折それにメモを書き込んでいた。

新聞記者には起訴状は配布されているだろうと清子は思った。記者クラブは、机と机の間はパーテーションで区切られ、空席ばかりだった。

「すいませんが、どなたかおいでになりませんか」

部屋の入口で挨拶した。奥の方の席から若い記者がやってきた。

「どのようなご用件でしょうか。今、幹事をやっているA社の記者が不在なんですが……」

清子は「三多摩連続殺人事件」の被害者遺族だと名乗り、もし起訴状があるのならコピーさせてほしいと頼んでみた。

若い記者は机に戻り名刺を一枚持ってきて清子に渡した。N新聞社の記者だった。

「一応、小宮さんから申し出のあったことは幹事社には伝えますが、おそらく起訴状のコピーをお渡しすることはできないと思います」

記者クラブには、裁判所から起訴状のダイジェストが配布されるが、それは記者クラブに加盟している新聞社、テレビ局の記者に対してであり、部外者にそれを渡すことは協定で禁止されているという説明だった。

清子は事件直後、どの社に対しても取材協力は惜しまなかった。これから裁判を傍聴する上で起訴状はどうしても目を通しておきたい資料であることを告げた。

「協力したいのはやまやまなんですが、少年事件ということもあるので……」

記者は歯切れの悪い返事を返してきた。

帰宅すると、清子は静代が使っていたパソコンの前に座った。大学ノートを広げ、メモした内容をパソコンで入力した。相模湖でいったい何が起きたのか、傍聴しながらそれを見極めるしかない。真実を知るにはその方法しかないと清子は思った。

五　闇の死

一審判決を不服として三人の被告は控訴した。東京高裁でも浜中検事が三多摩連続殺人事件の全貌を改めて明らかにした。多摩川河川敷に藤原勉を遺棄し、その場に偶然居合わせたホームレスの鈴守大輔を殺害した三人は二〇号線を八王子に向かって走らせ、高尾山の麓沿いに点在するラブホテルに入った。三人に行くあてはなかった。明け方から夕方までそこで寝て過ごし、彼らが向かったのは八王子市にあるエイト・シネマだった。

中村、遠藤、吉崎の三人はもはや狂気の殺人集団でしかなかった。新宿の事務所で藤原勉の命を奪い、多摩川河川敷で鈴守を殺し、二人の遺体を遺棄したその翌日の深夜、今度は小宮静代と石川孝太郎の二人の命を奪っている。

その事実に、小宮清子のボールペンを握る手が震えた。殺された小宮静代、石川孝太郎は高校の同級生だ。二人とも相模原市に住み、石川孝太郎はオートバイで小宮静代の家を訪ね、オートバイをおいて、そこからＪＲ横浜線で八王子駅に出た。八王子の映画館で映画を観てから食事をする約束になっていた。

所持金が少なくなり、八王子市内で恐喝する相手を物色していた三人にたまたま目をつけられたのが、静代と石川孝太郎だった。

――本件犯行は所持金が乏しくなったことから、被告人三人が金品を奪う目的で、映画館から出てきた二人の被害者らに因縁をつけて自動車内に監禁し、車内などにおいて暴行、脅迫を加えて金銭を強奪した上、被害者らの口を封じ、自分たちの犯行を隠蔽しようとして二人を殺害し死体を遺棄したもので、その犯行動機は多摩川河川敷事件と共通しており、本件相模湖事件は多摩川河川敷事件の翌日深夜に起きており、自責の念はおろか、いささかのためらいを示すこともなく同様の犯行に及んでいる。

また本件犯行態様、特に殺害の手段方法をみても、多摩川河川敷事件と同様、極めて残虐かつ冷酷である。すなわち被告人三人は被害者らを殺害するのに適した場所を探して国道二〇号線を走り、相模湖湖畔の人気のまったくない山中に二人を連行し、小宮静代を懸命に守ろうとする石川孝太郎を最初に殺害した。

被害者の一人石川孝太郎は、頭部の挫裂創を伴う広範囲で厚層の組織間出血、下顎骨骨折、右第九肋骨骨折を伴う両胸壁の胸膜下出血、右横隔膜出血を伴う肝臓右葉の臓器内破裂、左右両肺の臓器内破裂と胸腔内血液貯留を伴う血腫形成、脾臓の腹腔内血液貯留を伴う破裂等が見られ、その上、左脇腹には全長二百六十五ミリのサバイバルナイフが刺さったまま残され、大腸を真横に貫き小腸にまで達していた。

被害者石川孝太郎の死体に残されたこれら多数で広域にわたる重大な損傷は、被告人三名の暴行がいかに執拗かつ強度なものであったかを端的に余すところなく示している。

すなわち諸臓器が血液を失って貧血性であること、死斑の出現が認められないことから、出血量が相当量に及んでいるのは明らかである。被害者の石川孝太郎がまさに命がけで恋人の小宮静代を守ろうとしたことをうかがわせる。

小宮静代にも、頭蓋骨外板亀裂骨折、第九、十肋骨骨折等が認められる。さらに小宮の体内には中村、吉崎の体液が残されており、性的暴行を受けたことは明らかである。

殺害された石川孝太郎は五日前に二十歳の誕生日を迎えたばかりであり、小宮静代は一週間後に同じく二十歳の誕生日を迎える。二人は互いにプレゼントを用意し合い、楽しい時間を過ごす予定だった。しかし、三人の被告人によって無残にも命まで奪われたのである。

被告人遠藤は、まず被害者らに因縁をつけ、金品を奪うために駐車場の人目につかないところに二人を強引に連行し、強盗殺人等に至る発端を作り出している。後部座席に小宮、石川を強引に押しこみ、吉崎も後部座席に座った。運転は中村、助手席に遠藤が座った。

走行中の車内では監禁された小宮、石川から金品を奪うために吉崎は、中村が常にコンソールボックスに隠し持っていたサバイバルナイフを取り出すように、助手席に座っていた遠藤に要求。

　二人を脅迫するためにサバイバルナイフを遠藤から受け取る時、遠藤が誤って落とすと、「ふざけるんじゃねえよ。なにビビってんだよ」と叱責するなどし、常に格下扱いされてきた吉崎は、遠藤より自分の方が格上だということを証明するチャンスととらえ、脅迫行為を自ら積極的に行っている。サバイバルナイフを受け取ると同時に、ケースホルダーから出して、後部座席に座る小宮、石川の首筋に突き刺すような動作をして脅迫、監禁した被害者の頭部、顔面を数回殴打するなどして二人から財布ごと現金を奪い取っている。奪った金は中村と遠藤が折半している。

　その後、被告人中村が「金も取ったし帰してやれ」と被害者の解放を提案したのに対し、吉崎は「兄貴、それはまずい。顔を覚えられたし、このまま帰したら絶対にチクりますよ。口を割らんように徹底的にやりましょう」などと犯跡を隠蔽するために被害者らを殺害するように提案すると、付近の地理に明るかったことから遠藤の道案内で、中村は相模湖に向かい、国道二〇号から相模湖西岸にある日連地区の林道に入った。

　殺害場所を探して走り回っていた際に、途中立ち寄ったコンビニで凶器として使用するアルミ製パイプを発見、トランクに積み込んだ。さらに遠藤が殺害場所を決めかねているのに苛立って、道案内をする遠藤に「早く中村の兄貴に教えてやれよ。相模湖の周りを走れば、適当な場所はあるだろう」などと言って殺害場所の決定と早期実行を強く促した。

殺害現場に着くと、兄貴格の中村に、「久しぶりにどうですか、あの女と。俺は男の方をやりますから」などと伝えた上、小宮を車内に残したまま石川を車外に引きずり出した。石川は恋人の小宮を救出しようと、三人に激しく抵抗した。中村の足にすがりついて「小宮だけでも助けてくれ」と命ごいをする石川に対して、「寄るな」などと言い放ちながら情け容赦なく激しい攻撃を加えた。その石川を引き離すためトランクから出してきたアルミ製パイプで遠藤、吉崎の二人はめった打ちにした。

吉崎は遠藤や中村に被害者の殺害を示唆し、吉崎はためらうことなく自ら進んで石川殺害行為に使用する凶器を準備し、その早期実行を求め、率先して被害者らに対する攻撃行為に出るなどの犯行を強力に推進している。

中村は車内に入り、小宮に性的暴行を加えた。

吉崎はアルミ製パイプを取り、「俺の怖さを見せてやる」と石川の頭部をアルミ製パイプで激しく殴打した。遠藤は「俺が止めを刺してやる」と、吉崎が車内から持ち出し、ベルトに挟んでおいたホルダーケースに入ったサバイバルナイフを受け取り、瀕死の石川を無理やり立たせて吉崎に後ろから羽交い絞めにさせると、石川の左脇腹にナイフを刺した。

　そこに小宮に性的暴行を加えた中村が車から出てきて、もがき苦しんでいる石川を見るなり「まだ動いているぞ」と言い、吉崎と二人で石川が動かなくなるまで殴打しつづけた。

　一方、遠藤は車内に戻り小宮静代に性的暴行を加えた。目的を達した後、遠藤は石川の生死を確かめるために、車のトランクから吸引用に保管していたシンナーを取り出し、ビニール袋に少量移しかえ、それを石川の首筋に当て、ライターで引火させた。石川はなんの反応も示さなかった。

　その後吉崎も小宮静代に性的暴行を加えた。さらに吉崎は、裸同然の姿で怯えきった小宮を、車外に連れ出した。脇腹にナイフが突き刺さり、あたりに鮮血が流れ、変わり果てた石川を目にして小宮は半狂乱になり悲鳴を上げた。その瞬間、遠藤は手にしていたアルミ製パイプで頭部、顔面を殴打、小宮は即座に意識を失った。それでも遠藤は執拗に小宮の頭部、顔面をパイプで殴打し、他の二人も小宮の胸部、腹部を蹴り上げて、死に至らしめた。

　小宮が完全に動かなくなったのを見届けると、現場を離れる前に遠藤は小宮のところにも歩み寄り、生死を確認するためにアルミ製パイプで頭部をもう一度殴打し、まったく無反応だったことを確認している。

こうして二人を殺害し、三人で遺体を持ち運び、相模湖湖岸の斜面を下り、深く雑草が生い茂る湖岸際に二人の遺体を遺棄した。

その現場を立ち去った後も、車内で吉崎は「女にもナイフで止めを刺しておけばよかった」と言って再び殺害現場の湖岸に戻ることを提案した。

三人には、何の落ち度もない二人の若者の生命を奪ったという罪の意識はまったくなく、金品を奪い、さらに二人を死に至らしめる経過は執拗、かつ残虐で、殺人そのものを楽しんでいるかのようにさえ思われる。


浜中検事は静代、石川が死に至るまでを詳細に立証した。しかし、石川を刺したとされる遠藤はその犯行を地裁段階から一貫して否認し続けた。

二人が殺されていた相模湖湖畔の現場には、血の付着した石が散乱していた。中には拳ほどの大きさがどす黒く変色した血にぬれていた。二人は全身の血が流血してしまうほどの重傷を負っていた。

石川孝太郎に最初に暴行を加えたのは格下の吉崎だった。鈴木弁護士が吉崎に質問した。

２００△年１月21日　東京高裁法廷

鈴木　相模湖事件では、現場に着くと同時にあなたは率先して石川孝太郎さんに暴行を加えているが、それは何故か。
吉崎　遠藤にいつもかき回されていて、中村も兄貴らしく取り仕切ってくれませんでした。それで石川さんに八つ当たりしてしまったんです。
鈴木　八つ当たりにしては度が過ぎていませんか。
吉崎　昨日も多摩川河川敷でヤバイことやってんのに、今日もかよという気持ちがありました。遠藤に振り回されっぱなしという気持ちがありました。
鈴木　遠藤に対してはどういう感情があったのですか。
吉崎　中村、次が遠藤、その下が自分という序列は絶対的なものだと親分の佐野さんからも言われていました。遠藤に従わなければならない鬱憤を晴らしてスッキリしたいといった感情もありました。それに遠藤に代わって自分が石川さんや小宮さんをやれば格が上がるのではという気持ちもあった。
鈴木　やると言いましたが、あなたは何をするつもりだったのですか。
吉崎　二人が警察にチクらないように徹底的にヤキを入れることです。
鈴木　格下だという鬱憤が二人に向いてしまった。でも二人にヤキイレをすれば遠藤より格が上がると考えたということですね。
吉崎　はい。藤原リンチ殺人では遠藤と中村が藤原さんを殺しています。その現場にはいなかったから、殺人には直接関係ありませんが、最初に僕が暴行を加えたことが引き金になり、中村と遠藤が藤原さんを殺してしまった。責任は感じています。相模湖事件では石川さん、小宮さんの暴行に加わり、湖の近くに放置して帰ってきています。何かできなかったかと思うと責任を感じます。でも、その時は死ぬとか意識していなかった。重傷を負った人を放って置くと大変なことになるということがわからなかった。物事を深く考えていませんでした。

顔を覚えられたから徹底的にやるしかないと思いました。原因を作ったのは僕の責任だと思っています。石川さんについても遠藤や中村ほど暴行を加えていませんが、責任を感じています。

小宮さんに対しては、遠藤や中村、僕も性的暴行を加えていますが、それはあくまでも警察に通報されるのを防ぐためです。しかし、死亡させている。責任を感じています。

鈴木　石川さん殺害について聞きます。あなたは遠藤から羽交い絞めにするように命じられたと証言していますが、具体的には何と言われたのですか。

吉崎　確か「押さえろ」と言われたように記憶しています。

鈴木　その命令にあなたは従ったのですか。

吉崎　はい。やはり遠藤は僕の兄貴分に当たるので。

鈴木　遠藤がサバイバルナイフで刺すとは思わなかったのですか。
吉崎　その時は脅かすだけだと思いました。石川さんには十分ヤキイレを加えた。遠藤に命令されたとはいえ、石川さんを羽交い絞めにしましたが、まさか遠藤が刺し殺すとは思わなかったんです。

鈴木弁護士は吉崎がどの事件にも従属的な立場だったということを強調したかったようだが、吉崎の狡猾さだけが滲み出た証言だった。吉崎の言い分は、藤原勉の絞殺現場にはいなかった。相模湖事件では二人を殺すつもりはなかった。ヤキイレが目的だった。相模湖では遠藤に命令され石川孝太郎を羽交い絞めにした。しかし、致命傷を与えたのはサバイバルナイフで刺した遠藤で、石川さんを死に至らしめたのは遠藤と中村というものだった。一審でも同じ内容の証言をしていたが、控訴審になると慣れてきたのか、吉崎は流暢に証言した。拘置所内で鈴木弁護士と十分な打ち合わせができているのだろう。さすがの中村も遠藤も、水なしで頓服を口に含んだような顔をしていた。

この日、石川孝太郎をサバイバルナイフで刺したのは遠藤だと証言する吉崎に対し、遠藤の弁護人の流川弁護士も質問した。

流川　遠藤のやり方に苛立っていたのなら、兄貴格の中村被告に話をして止めさせればよかったのではないですか。
吉崎　中村から「遠藤はやる気でいる」という話を聞かされました。ホントにやる気だと思ったんです。それに兄貴分の中村も止めようという素振りさえ見せませんでした。
流川　コンビニエンスストアであなたがアルミパイプを見つけていますね。
吉崎　それを見せると、遠藤はすぐにコンビニの駐車場でパイプを素振りした。
流川　あなたは遠藤に振り回されたようなことを言うが、実際はあなたが遠藤や中村に暴行を加えるようにけしかけていたのではありませんか。
吉崎　パイプで殴るという意味で促したことはありません。
流川　石川君を車から降ろし、あなたはトランクからパイプを出していますが、何のためにそのパイプを持ちだしたのですか。
吉崎　格上の遠藤がヤキイレしやすくするために用意したんです。
流川　遠藤に石川さんを殺させるのが目的だったのではないですか。
吉崎　そんな気持ちはありませんでした。
流川　兄貴格の中村に、あなたは小宮静代さんを犯すように勧めていますね。
吉崎　……。

裁判長　被告人は質問に答えなさい。
吉崎　女だから暴行しておけば警察に絶対に通報しないと思ったからです。
流川　中村が車内で卑劣極まりない行為をしている時、あなたは何をしていたのですか。
吉崎　遠藤と一緒に石川さんに暴行を加えていました。
流川　パイプで殴ったのは、本当は犯罪が発覚しないように殺してしまおうということではなかったのですか。殺すつもりで殴ったのではありませんか。
吉崎　イライラしていたし、ヤキイレのつもりでした。
流川　その時、石川さんはどのような状態でしたか。
吉崎　グッタリしていました。
流川　石川さんを殺せば自分が遠藤より格上になると思ったからではないのですか。
吉崎　違います。ヤキイレをしておけば警察にチクられないし、それにその場には中村はいなかったし、私は石川さんの足を狙って殴りつけていました。頭を狙ってパイプで殴ったのは遠藤です。
流川　何故ナイフを車から持ち出したのですか。
吉崎　中村から持ってこいと言われたからです。
流川　石川さんが激しく抵抗するのは当然だし、それを予期したから持ち出したのではないのですか。
吉崎　……。
流川　質問に答えられないのですね。
裁判長　何故、サバイバルナイフを車から持ち出したのですか。
吉崎　中村の兄貴から持ってこいと命令されたんです。
流川　石川さんは自分では立ちあがれない状態になっていたんですね。その時、ナイフはどうしたのですか。
吉崎　ナイフは遠藤に渡しました。
流川　あなたに「押さえろ」と命令したのは誰ですか。
吉崎　遠藤です。
流川　「押さえろ」と言われたということですが、何をすると思ったのですか。
吉崎　ヤキイレをするのだろうと思いました。
流川　あなたは今、遠藤はホントにやると証言したばかりです。遠藤が殺すとは思わなかったのですか。
吉崎　何度も言うようにヤキイレをすると思っていました。
流川　あなたが羽交い絞めにした後、どうなったのですか。
吉崎　遠藤はホルダーからナイフを抜き取り、石川さんに近づいてきました。

流川　もう一度聞きます。遠藤は何をすると思ったのですか。
吉崎　警察にチクらないように脅すのだろうと思いました。
流川　遠藤は近づいてきて、その後どうしたのですか。
吉崎　片手で石川さんの胸倉をつかみ、ナイフを脇腹に刺したんです。
流川　あなたは背後から石川孝太郎さんを羽交い絞めにしていますね。遠藤は身動きできなくなっていた石川さんの正面に立ったわけですか。
吉崎　はい、そうです。
流川　事実ですか。よく思い出して証言してください。
吉崎　間違いありません。
流川　遠藤はどんな風にナイフを握っていたか覚えていますか。
吉崎　包丁を握るように持っていたと思います。
流川　順手、つまりハンマーを握るように柄を握っていたということですね。
吉崎　はい。
流川　それなら脇腹ではなく、真正面からナイフが石川君の腹部に突き刺さるのが自然ではありませんか。
吉崎　石川さんが恐怖のあまり暴れて右側に身をよじったので、そのはずみにナイフが左脇腹に刺さったのだと思います。

流川　石川さんが死亡し、これで警察に通報されることもないとあなたは安心したわけですね。
吉崎　……。
流川　中村は石川さんの殺害には加わっていないのですか。
吉崎　車から降りてきて、ナイフを必死に抜こうともがいていた石川さんを見て驚いていました。
流川　その後はどうしたのですか。
吉崎　遠藤が車の中に入っていった。
流川　何をするためですか。
吉崎　・・やるためです。
流川　中村はどうしたのですか。
吉崎　パイプを握り狂ったように殴り始めました。
流川　あなたはどうしたのですか。
吉崎　僕も一緒に石川さんを殴りつけました。
流川　中村の前で石川さんを殺せば格が上がると思ったんですね。
吉崎　そんなことは考えません。ただ、呻きながらもがく石川さんが怖かったんです。恐ろしくなって気がついたら中村と二人でめった打ちにしていた。

流川　遠藤はどうしていたんですか。
吉崎　車から降りてくると、まったく動かなくなった石川さんの近くにいって、ホントに死んだか確かめていました。石川さんはまったく動かなかった。
流川　あなたはその後、小宮静代さんのところに行きましたね。何をするためですか。
吉崎　ヤキイレです。
流川　静代さんにヤキイレですか。
吉崎　女だからやってしまえば警察にチクらないと思った。
流川　静代さんはどんな状態だったんですか。
吉崎　裸にされ、失神していました。
流川　あなたは失神状態の静代さんに暴行を働いたんですね。
吉崎　……。
流川　その後、どうしたんですか。
吉崎　相模湖に置いていくつもりで車の外に出したら、石川さんを見て、すごい声で叫んだんで……。声を聞かれたらまずいと思って、三人で殴ってしまった。
流川　死体を雑草の中に遺棄し、現場を離れた後、小宮さんの死亡を確認しなかったことで不安になり、サバイバルナイフで小宮さんにも止めを刺しておけばよかったと言ったのは事実ですか。

吉崎　ヤキイレのつもりが、ここまでやってしまったということで、実際は震えていたんです。でも僕は平気だぞと強がりをみせるために言ったんです。止めを刺すつもりなんかではありません。

吉崎は責任回避に懸命で、少しでも刑を軽くしようと遠藤、中村の犯行に仕立て上げようとしているのは明白だった。吉崎の証言を聞きながら、清子は体中の血が凍てついたような悪寒を感じた。体の震えが止まらない。八王子支部と違って東京高裁の法廷は暖房が行き届き、適温に保たれている。泣き叫びたい衝動にかられた。三人の被告に、石川孝太郎がされたように脇腹にサバイバルナイフを突き立て、血を流しながら死んでいく苦痛と恐怖を思い知らせてやりたいと感じた。三人の行為は血の流れている人間のすることではない。

石川孝太郎にナイフを突き刺したのは、遠藤だという一審での証言を吉崎は繰り返した。流川弁護士は次の法廷で遠藤を証言台に立たせた。このままでは控訴審でも遠藤には死刑判決が下る公算が大きい。流川弁護士も死刑回避に必死なのだろう。

２００△年２月14日　東京高裁

流川　映画館から出てきた小宮、石川の二人を拉致し、その後移動するシビックの車内ではどんな会話があったのですか。
遠藤　運転している中村からは「いつまで走らせるんだ」と言われてムカついていた。吉崎からサバイバルナイフを取ってくれと頼まれ、サバイバルナイフを渡そうとして落としたことまで詰られたり、調子づいた格下の吉崎にまで「相模湖を走れば場所はあるだろう」と命令口調で言われたりして、俺は完全にキレていたよ。
流川　吉崎が、「相模湖へ行ってやればいいだろう」というのは、何を指しているのですか。
遠藤　ヤキイレだろうよ。
流川　相模湖に架かる橋を渡り、林道の行き止まり行きましたが、そこまで深く山の中に入っていったのは誰の判断ですか。
遠藤　吉崎が「ここならいけますよ」と言ったんだよ。
流川　吉崎の「いけます」という発言はどういう意味ですか。
遠藤　ヤキイレをするということだったんで、俺は殺すとは思っていなかったぜ。
流川　しかし着いてすぐにあなたは石川さんに暴行を始めます。何故ですか。
遠藤　中村も女と寝る気になっているし、本気でヤキイレをする気がねえから、俺がやるしかねえと思ったんだ。
流川　あなたはやらなければ、格下に見られるとでも思ったのですか。

遠藤　中村が目で合図してきたんでスイッチが入った。やらなくてはいけないと思った。
流川　それで吉崎と一緒に石川さんに暴行を加えたのですか。
遠藤　吉崎がニヤニヤしながら「女は中村の兄貴に任せた」と言って、石川に殴りかかっていた。それで俺が何もしなければ面子が潰れるからな。
流川　では石川さんはその時どんな状態でしたか。
遠藤　仰向けに倒れていた。出血している頭の傷を手で押さえていたかな……。
流川　あなたはそんな石川さんを無理やり起こして、吉崎に羽交い絞めにさせて脇腹にサバイバルナイフを刺したのですか。
遠藤　だから刺したのは俺じゃねえって最初から言ってるだろうがよ。取り調べの時にも八王子の法廷でも俺じゃねえって言っているのに……。
流川　では誰が刺したのですか。
遠藤　中村と吉崎に決まっているだろ。
流川　あなたはそれを見ていたのですか。
遠藤　石川へのヤキイレはもう十分だと思ったんでよ、そこは吉崎に任せ、俺は女のところに行って、中村と交替したんだよ。
流川　何故ですか。

遠藤　中村は兄貴分のくせにセックスくらいしかできねえと思っていたからな。念のためにも女にもヤキを入れておかなければ、ヤベエことになると思ったんだよ。
流川　中村はその時どうしたのですか。
遠藤　俺が行くと、すぐに車から降りて吉崎の方に行ってしまった。
流川　その後、あなたはどうしたのですか。
遠藤　女とやってよ、その後戻ったら吉崎の両手から石川が崩れ落ちるように地面に倒れていくのが見えたんだよ。中村は、勝ち誇ったように俺にガンを飛ばしてきたよ。

　小宮、石川の遺体が発見されたのは殺害から三日後で、暴行の形跡はそのまま遺体に残されていた。弁護士も、遺体の状況に関する事実関係では検察と大きく争う点は見いだせなかったのだろう。結局、他の被告に実行行為を押し付けることが、依頼人の刑の軽減につながる。弁護人は殺害の実行行為を他の容疑者の犯行にするしか弁護の方法がなかったようだ。
　裁判を重ねれば、さらに醜いなすり合いが始まるだろうと小宮清子は思った。こんな獣のような連中に静代は弄ばれ、殺されてしまった。八王子から相模湖まで三十分くらいだろう。その間の二人の恐怖感、そして三人に次々に犯された静代の苦しみを思うと、怒りで涙も出てこない。

いずれ石川孝太郎にサバイバルナイフを突き刺した犯人がはっきりするだろう。しかし遠藤はこの点については一貫して否認で通している。一方、中村、吉崎も遠藤が刺したと主張した。一審で無期判決を受けた中村は、遠藤の証言を必死に否定した。
ずり落ちる眼鏡を何度も直しながら、書類に視線を落とした本田弁護士が中村に質問した。
本田　遠藤の案内で相模湖に向かって走り、吉崎が「この辺で」と言ったのを合図に林道の突きあたりに車を止めますね。
中村　はい。
本田　その時、いちばん暴行をするのは誰だと思っていましたか。
中村　遠藤だ。
本田　どういうことですか。
中村　いちばんやる気になっていたから。
本田　あなたが小宮静代さんに性的暴行を加え、車から降りてきた時、石川さんはどうしていましたか。
中村　遠藤が石川さんにヤキイレをしていた。近づくと吉崎が後ろから小宮さんを羽交い絞めにして、遠藤が体当たりをしているように見えた。
本田　遠藤は何をしていたのですか。

中村　サバイバルナイフを石川さんに突き刺した後だった。
本田　遠藤は君が刺したと証言しているが。
中村　俺は石川さんを刺してなんかいない。遠藤が嘘を言っているんだ。
本田　あなたは石川孝太郎さんを刺していないのですか。
中村　そんなことはしていない。
本田　それは真実ですか。
中村　はい。
本田　その時、石川さんの様子はどうでしたか。
中村　……。
本田　答えてください。
中村　もがき苦しんでナイフを抜こうとしていた。
本田　小宮さん、石川さんが亡くなったのを知ったのはいつですか。
中村　相模湖から新宿に戻る時、遠藤が確実に死んだだろうと言うのを聞いた。
本田　では藤原さんやホームレスの鈴守大輔さんが亡くなったのを知ったのはいつですか。
中村　警察に捕まってから。
本田　四人もの人が亡くなってどう思ったのですか。

中村　もうダメだ。死刑になると思った。

中村は死刑を覚悟しているような口ぶりだ。それならどうして女々しい言い訳を並べるのだろうか。何故、死をもって償うという言葉が中村の口から語られないのだろうか。理由は簡単だ。死刑にはならないと思っているからだ。死刑を口にしたのは、裁判官に重大な事件を起こしたことを認識、反省しているという態度を示すために取っているポーズに過ぎないのだ。

それにしても石川孝太郎にサバイバルナイフを突き刺したのはいったい誰なのか。遠藤と中村の言い分はまったく食い違っている。

サバイバルナイフには三人の指紋が残されていた。吉崎が石川を背後から羽交い絞めにしたのは、中村、遠藤の証言は一致し、争いの余地はない。

結局、八王子支部判決では遠藤が刺したという判断を下した。吉崎、中村の二人の証言は信用性があると判断したためだろう。

しかし、逮捕後、事件当日、中村、吉崎の二人が着ていた衣服が証拠品として押収されている。二人のシャツには大量の血液が染み込み、ＤＮＡ鑑定によって、小宮、石川のものであることが判明している。

一方、逃亡を続けていた遠藤からは、そうした証拠品は一切押収されていない。逃亡中に証拠隠滅を図ったものと見られていた。

遠藤が刺したという物的証拠は一点。サバイバルナイフのグリップには三人の指紋が付着していたが、遠藤の利き手である左手の五指が鮮明に残されていて、ハンマーグリップと呼ばれる握り方をした形跡が残されていた。中村、吉崎の証言と矛盾することなく、遠藤の犯行であることを物語っている。

この指紋と吉崎証言が重要視され、遠藤には一審で死刑判決が下されたとみられる。つまり中村が静代をレイプし、車から降りてくると、石川の左脇腹にサバイバルナイフが突き刺さっていた。刺したのは遠藤と地裁判決は認定し、遠藤が静代に乱暴を働いて戻ってきたら、中村によって石川は刺殺されていたとする遠藤証言を虚偽と判断したのだ。

地裁判決は三人に対して強姦罪を適用している。しかし、地裁判決の通りだとしても清子には一つ疑問が浮かぶ。静代の体内からは遠藤の体液が検出されていない点だ。

遠藤一人だけを死刑判決にするから、醜い争いをするのだと清子は思った。真実を暴くのは簡単だ。三人全員に死刑判決を出して、助かる可能性がゼロだとわかれば事実を述べるに違いない。

静代が殺されてから、清子は死刑関係の本を読みあさった。死刑執行のボタンは三つあり、どれが本当のスイッチなのか執行官にわからないようにしてある。執行官の心理的負担を軽減するために、そうしているようだ。その中の一つが本物で、死刑囚の足元の踏み板が開き、絞首刑が執行される。

しかし、清子は機会が与えられるなら、何もためらうことなく三人の死刑執行ボタンを押せると思った。静代が味わった苦しみを思えば、それでも復讐は不十分だと思う。

六　融資

小宮清子は東京地裁八王子支部の法廷を三回目から欠かさず傍聴した。最初の頃は休みを取って傍聴していたが、すべての法廷を傍聴するためには退職するしかなかった。

いつも同じ顔ぶれの傍聴者が席に着いた。清子はそれだけ一般の人たちも少年三人による連続殺人事件に関心を寄せているのだろうと考えた。しかし、一般の傍聴者ではないと気づいたのは、法廷が終わった後、八王子支部一階のロビーで三人の弁護士を囲んで話をしているのを目撃してからだ。

その様子からは被告人の家族のようには見えなかった。三人の弁護士は互いに牽制し合っているようで、少し離れたところで話していた。他の弁護士には聞かれたくない話なのだろう。清子は偶然を装って近くを通り過ぎた。

流川弁護士の周囲には五、六人の傍聴者が集まっていた。かろうじて二つの言葉を聞きとることができた。

「死刑回避」と「支援」という言葉だった。

毎回同じメンバーが流川、本田、鈴木の各弁護士を取り囲んだ。

清子は疲れ切った様子で、一階ロビーにある長椅子に腰を下ろし、法廷メモを整理しているような素振りで、少しでも会話の内容を聞きとろうとした。

三人の弁護士はその日の法廷で明らかにされたことや検察側主張の問題点を説明していた。吉崎には多くの兄弟姉妹がいるが、鈴木弁護士の周囲にいるのは、年齢から判断しても兄弟姉妹のようには思えない。流川弁護士の周囲にも人だかりができている。

いつもヨレヨレのジャケットを着て、折り目のないズボンといった格好の本田弁護士を取り囲んでいる人たちも中村被告の友人でもなさそうだ。中には弁護士の説明をノートに記している者さえいる。本田弁護士を取り囲む輪から少し離れたところで、背中を丸め小さい体をさらに縮めて話を聞いている老夫婦がいた。毎回ではないが、傍聴席の隅に座っている姿を見かける。中村の両親だ。

耳をそばだてていると、清子の横に大柄な男性が座った。

「毎回の傍聴、大変ですね」

傍聴している時は熱心にメモを取っていたA新聞の三瓶記者だった。傍聴を始めたばかりの頃、小宮清子に「静代さんのお母さんですね」と名刺を差し出してきたのが彼だった。三瓶は毎回ではないにしろ熱心に傍聴していた。

「弁護士の周りの人たちはどういう方たちなんですか」

「支援者ですよ」三瓶は即答した。

「支援者……」

四人も殺した殺人者にどのような支援をするのだろうか。冤罪事件なら支援もわかるが、彼らが殺人を犯した事実は否定しがたい。それなのにいったい何を支援するというのだろうか。清子には想像もつかなかった。

「少年の起こした事件とはいえ死刑判決の可能性も十分ありえます。そうした報道を見て事件への関心が高まるのはいいのですが、死刑制度に反対を唱える人権団体、グループや宗教団体が加害者側の支援に乗り出してきています」

それでも清子には理解できない。三瓶記者の話では、遠藤にはカトリック関係の組織に所属するグループが、中村には仏教関係のグループが、吉崎にはプロテスタント系の支援者がそれぞれ拘置所を訪れ、三人を精神的に支え、償いについて考えさせているらしい。

三瓶の説明に言い知れぬ怒りが込み上げてきた。支援者は殺人者をそれぞれの信仰に引き入れ、信者を増やそうとしているのか。そんなことをしてまでも布教したいのだろうか。死刑制度に反対を唱えるのは自由だが、それならば法改正するように国会議員に働きかけ、社会的な運動としてやればいい。支援者たちは殺された被害者やその遺族のことをどう思っているのだろうか。

「小宮さんのところには被告たちがどんな風に反省しているのか、支援グループからの報告はないのですか」

三瓶が聞いた。

「そんなものありませんよ。たとえ来たとして聞く気持ちもありません」

法廷で罪のなすり合いを平気でする連中が真摯な反省をしているとはとても思えない。そんな被告を支援しようとする連中などなおさら信頼ができない。

「私もどんな支援をしているのか気になったので、彼らが発行している機関紙のようなものを読んだのですが、吉崎は支援者と面会をしながら聖書を学び、中村は般若心経の写経をしているようです。遠藤はろくに字の読み書きができないので、カトリック関係の支援者と教師が面会して、小学校の教科書から勉強をやり直しているようです」

遠藤、吉崎は両親不在、家庭と呼べるものがない環境に生まれた。児童自立支援施設で育ち、その後はほとんど少年院で過ごしている。最低限の学力を身につけることは十分可能だった。

少年犯罪の再犯率の高さは矯正施設の教育に不備があることを物語っているのかもしれない。しかし、遠藤、吉崎は二度も少年院に収容されている。更生する気になれば、まっとうな生き方はできたはずだ。それを拒絶したのは彼ら自身ではないか。

中村に至っては両親が揃っている家庭に生まれている。三人には更生する機会は十分なほど与えられている。

「支援者たちは、私たち被害者遺族のことをどう思っているんですか……」

清子は三瓶に聞いてみたが、三瓶は戸惑っている様子だ。

「被告の関係者で静代さんの墓前に線香をあげにきた人っているんですか」

「そんな人、一人もいませんよ」

鈴守大輔と藤原勉についてはわからないが、小宮家には来てはいない。

「そうなんですか……」

三瓶は中村の両親を取材しているのかもしれない。

たとえ線香をあげにきてもらっても清子は拒否するつもりだが、親ならば自分の子供の命が奪われれば、どんな気持ちでいるかぐらいは想像がつくだろう。親に法的な責任があるかどうか、そんなことはわからない。しかし、道義的な責任があると感じれば、すぐにでも謝罪にくるのが常識というものだ。それさえ中村の両親にはなかった。

親が謝罪もしないくらいだから、その子供が真摯に反省などするはずがない。

法廷は長時間にわたり、毎回十五分程度の休憩時間が裁判長から告げられる。裁判所の職員からは、法廷から全員出るように告げられるが、廊下に出れば被告側の弁護士や支援者とも顔を合わせることになる。それが嫌で清子は、その日も傍聴席に一人座っていた。八王子支部の審議も終盤にさしかかっていた。

後ろのドアが開いた。職員に法廷から出るように注意されると思ったが、入ってきたのは本田弁護士だった。

「中村の両親が話したいと言っています。会ってやってくれますか」

清子は今さら何をと思ったが、話くらいならと廊下に出た。廊下には支援者が流川弁護士、鈴木弁護士の周りに集まっていた。法廷から出ると、本田は廊下の突き当たりに清子を導いた。それを見ていた中村の両親がすぐにやってきた。

「ご両親が謝罪したいと言っています」

本田弁護士が改めて言った。

謝罪に清子の家を訪ねていいのかを確かめたくて、本田弁護士に仲介を依頼したのだろうと思った。

「息子がえらいことをしてすみませんでした」

父親が何度も頭を下げた。

「実は私はがんにかかり手術をしたばかりでお金はありません」

後は夫婦で「すみません」と米つきバッタのように頭を下げるだけで、それ以上の言葉はなかった。鬼のような形相に変わった清子に、本田弁護士も沈黙した。

〈金など一銭もいらない。静代を返せ〉

叫びたい衝動を抑えるのに必死だった。

廊下には支援者だけではなく、一般傍聴者もいる。裁判所で大声が出せるはずもない。

清子は無言で傍聴席に戻ってしまった。

いったいいつ金銭の要求をしたというのか。

金さえ積めば許してもらえるとでも思っているのだろうか。そうでなければ何故金がないなどと言うのか。

それが謝罪というなら静代の命をなんと軽く考えているのだろうか。中村の両親も本田弁護士も、謝罪のふりをしているだけだ。しかも最低の芝居だ。

その日は再開された法廷の傍聴メモは怒りで手が震え、まともな記述ができなかった。


中村信夫の父親の宏光と母親の千鶴は、少しでも刑を軽くしてほしいと、東京地裁八王子支部の法廷に立って証言した。宏光は千鶴には甘やかし過ぎと何度も注意してきたが、結局、信夫は四人もの人間を殺害する大事件を引き起こしてしまった。

本田弁護士からは、死刑を回避し無期懲役を勝ち取るためには、両親の証言が必要だと言われ、法廷に立ったのだろう。

２００×年１月25日　東京地裁八王子支部

　本田弁護士が宏光を尋問した。

本田　被告の生い立ちについて聞きます。
宏光　小学校一年生から中学までほとんど実姉に育てられました。経済的に苦しくて私も家内も働いていました。
本田　今、仕事はどうされていますか。
宏光　トラックの運転手をしていましたが、リストラで解雇されました。
本田　病気をされていますね。
宏光　リストラ直前に胃がんが発見され、手術をしました。
本田　被告が生まれた時のことを聞かせてください。
宏光　姉が二人います。信夫が生まれた時、男の子が生まれたということで非常に喜びました。信夫の子育ては母親に任せっきりでした。小学校高学年で万引きしたことも、この事件が起きるまで知りませんでした。
本田　学業成績の方はどうでしたか。
宏光　学業にはついて行けてないという感じはありました。学校には行きたがらなかったから。勉強して高校に行き良い会社に就職するように言ってきました。
本田　どのような躾をしていましたか。
宏光　暴力は加えていません。口だけで言っていました。
本田　口で注意した時、どのような反応をしていましたか。
宏光　親に口答えするようなことがありました。
本田　中学に入ってサッカー部で頑張っていたようですが。
宏光　きついと言って退部しましたが、それから夜、出て行く回数が多くなり連絡が取れなくなりました。姉二人は何事もなく高校を卒業し結婚して所帯を持っています。信夫は甘やかし過ぎたと思います。欲しい物はすぐ買い与えたし、金も欲しい時はすぐにやっていたようです。
本田　そんな時、注意とかしなかったのですか。
宏光　母親には甘やかしてはいけないと注意していました。私も信夫には「夜遊びはするな、行ってもすぐ帰って来い」と言っていました。
本田　バイクを買い与えていますね。
宏光　バイクも母親が買い与えました。それも信夫が中学生の時で甘やかし過ぎたと反省しています。
本田　高校に入りましたね。

宏光　定時制高校に入りましたが、中退しました。
本田　小野寺組の組員佐野に会ったことはありますか。
宏光　一回だけ会ったことがあります。信夫の性格を真面目な人間だと言ってくれました。お宅の息子さんを預けてくれたら一人前の人間に育てると言っていました。
本田　事件を知ったのはいつ頃ですか。
宏光　最初に知ったのは刑事がきた時です。人を殺して逃げていると……。
本田　それを聞いた時どう思いましたか。
宏光　体の力が抜けました。
本田　被害者の方にどう思っていますか。
宏光　被害者の方には申し訳ないと思っています。金銭面では償いをできる状態ではないです。仕事もないし病気もあります。判決がどうなるかわからないけど、もし信夫の命を助けてもらえるならば、親として声をかけて二度とこのようなことのないようにして、そして被害者の方に償いをさせたいと思っています。

　中村宏光は浜中検事の尋問も受けた。
浜中　長男の中村信夫を佐野に預けるにあたって佐野がどういう人間か、何を生業としているか確認することはなかったのですか。

宏光　しませんでした。
浜中　佐野が暴力団員だといつ知ったのですか。
宏光　信夫がいかがわしい薬物や大麻を売っていると聞いた時です。そんな仕事は辞めろと言いました。この時、佐野がヤクザだと知りました。
浜中　遺族への補償の話はしなかったのですか。
宏光　していません。

母親の千鶴も浜中の尋問を受けた。
浜中　バイクを中学生なのに買ってあげましたね。
千鶴　買ってやらないと外で迷惑をかけると思ったから。
浜中　無免許運転になるということは知っていましたか。
千鶴　……。
浜中　バイクで遊び回っていると、暴走族とつながりができたりするとか思わなかったのですか。
千鶴　……。
浜中　遺族の方にどう思っていますか。
千鶴　本当に申し訳ないと思っています。

浜中　今のところ具体的な謝罪はないようですが、自分が被害者の立場にたっても、何もしてもらわなくてもいいということですか。
千鶴　……。
浜中　多摩川河川敷事件では、夏だったこともあり損傷は早く被害者の藤原勉と鈴守大輔の遺体にはうじ虫がいっぱい湧いていたのですよ。相模湖事件では、石川孝太郎は体中の血が流れ出すくらいに叩かれ、遺体は紫色に変色し、頭はカチ割られた状態で発見されたんですよ、その痛みがわかっているのですか。
千鶴　申し訳ありません。

　中村宏光が証言台に立った時や、千鶴が証言している時、小宮清子は傍聴席から、信夫の表情を観察した。なんとか死刑を回避させてやりたいと父親が恥を忍んで証言台に立っているというのに、信夫は傍聴席に視線を向けたり、本田弁護士を見たり、浜中検事を睨みつけたりしていた。しかし、千鶴が証言台に立った時は、父親の時と明らかに様子が違っていた。
　信夫は証言台の千鶴を見ようとはしなかった。俯いたまま顔さえ上げようとしなかった。信夫の両肩が上下に動き、ネズミ色のスウェットトレーナーとパンツを着ていたが、パンツの太もものあたりが涙で濡れていた。

母親に甘やかされ放題で成長し、二十歳を過ぎたというのに、事件前と同じように母親に甘えていると清子は思った。

中村だけは住所不定ではなく両親と同居していた。清子はどんな生活をしているのか、どんな家庭で中村信男は育ってきたのかを知りたいと思った。

朝早く立川市を訪ねた。中村が住んでいる地区には、同じタイプの家が六戸建ち並び、高度成長期に建築された古い家だ。家賃もかなり安いだろう。地主がバブル期のマンション建設ブームに乗り遅れたのか、あるいは他に理由があったのか、その一画だけが昭和の名残を留めていた。

地上げに失敗したような空き地がコインパーキングになっていた。その奥に車を止めて、様子をうかがっていると八時頃になって、中村千鶴が外出していった。それから一時間後、宏光が出てきた。

清子は車を降り、気づかれないように宏光を尾行した。宏光は立川駅前の繁華街に徒歩で向かった。パチンコ店のドアの前にはすでに列ができていた。宏光はその後ろに並んだ。開店と同時に脱兎のごとく店内に走って入った。

その姿はがん患者のようには見えなかった。

浜中検事から厳しい尋問を受けたが、八王子支部の判決は死刑を回避し、無期懲役判決が下りた。その判決から半年が経過し、年の瀬が迫っていた。その日、中村宏光はパチンコに二万円もつぎ込み、結局、負けて立川駅からのバス代もなく歩いて帰宅した。徒歩ならJR立川駅から二十分はかかるが、帰宅してもすることもない。

長男の信夫が逮捕されて以来、次々に災厄が降りかかってきた。胃がんが発見され、全摘出手術を受けた。長距離トラックの運転手として働いてきたが、折からの不景気で解雇された。会社はことを荒立てたくないから不景気のせいにしているが、胃がんを患い、その上に長男が殺人を犯し逮捕された。余剰人員整理の格好のターゲットにされた。

それ以来、毎朝起きるとパチンコ店に並んで一日中打ち続けた。出玉の多い日には七、八万円を換金できるが、負ける日の方が多い。

中村は郵便受けに広告のチラシが入っているのに気づいた。テレビCMで見たことのあるサラ金のパンフレットだった。パンフレットにはボールペンで書かれた携帯電話の番号が記され、さらに「お気軽にご相談ください。東野」と書き添えてあった。

すでに大手数社から融資を受け、いくら融資の増額を申し込んでも、すべて断わられていた。中村は電話するだけ無駄だと思ったが、パンフレットをズボンのポケットに捻じりいれた。

バブル経済が崩壊し、消費者金融を利用する客は増えたが、その一方で自己破産者や返済が滞り、その一歩手前の多重債務者、いわゆる「ブラック」と呼ばれる利用者も増大した。銀行はもちろん消費者金融からも融資を断わられた客は違法な利息を取る金融業者に流れる。その中でもヤミ金融は最悪だ。営業登録も行わず、出資法の金利規制年二九・二パーセントをはるかに上回る「トゴ」、つまり十日間で五割の利息を取る悪質な業者がゴロゴロしている。実質年率は年一八二五パーセントで、十万円を借りたとすれば、金利だけでも百八十二万五千円ということになる。

中村はヤミ金に手を出すまでには至っていないし、「ブラック」ではないが、融資には黄色信号が灯り、どこからも借りられない状態になっている。

その年は、妻の千鶴が電車の車内やプラットホームの清掃をする会社のパートタイマーとして働いているので、生活だけはギリギリのところで維持ができた。

新年が明けて仕事はじめ二日目だった。中村はパンフレットに記された０１２０から始まる電話ではなく、書かれていた携帯電話に電話した。相手は女性の声ですぐに出た。

「アクアローン吉祥寺支店の東野です」

中村は投函されていたパンフレットを見て電話をしていると言った。

「ご希望の融資金額はどれくらいでしょうか」

丁寧な応対の女性の声だった。

「可能であれば三十万円くらい融資してほしいんだが」

中村が答えた。

「失礼ですが他社からの借り入れはおありでしょうか」

「いくらか残っている」

「だいたいで結構ですから残債金額はわかるでしょうか」

「四十万円くらいだと思う」

「それならば三十万円の融資は可能だと思います。一度、窓口まで来ていただけないでしょうか」

中村は午後四時に支店に行くと伝えた。

「ではお待ちしています」

その日は立川駅前のパチンコ店を午後三時半に出て、吉祥寺に向かった。あと二、三分で午後四時になる。中村は店内に入った。穴の開きかかったスニーカーを履いていた。折り目のないズボンに、首の部分が伸びきったTシャツの上から厚手のセーターを着ているが、袖口がほころび始めていた。ダウンのジャケットは襟が垢で黒光りしていた。

「四時に約束をしていた中村といいます。東野さんはおいでになりますか」

一斉に注がれた視線を跳ね返すように中村が言った。

消費者金融、いわゆるサラ金だが高利貸しのイメージが常につきまとう。そのイメージを払拭するために営業窓口はほとんど銀行と変わりないようにレイアウトされている。中村はすでに何社も訪問して門前払いを食らって融資を拒否されていた。それでもおどおどすることもなく堂々と振る舞った。

東野が奥の席から立って、カウンター越しに「どのようなご用件でしょうか」と尋ねてきた。「午前中に電話で相談にのってもらった者だけど」と答えた。

アクアローンの支店はカウンターでは三人しか対応できないようになっていた。しかし、カウンターが途切れたその先からはパーテーションで仕切られた個室ブースになっていた。中村はいちばん奥のブースに入るように言われた。

カウンターを挟んで向かい合って座った。

「三十万円融資ご希望のお客様ですね」

「はい」

中村が頷いた。

「それではこの申込用紙に住所とお名前をご記入ください。金額欄は空白でかまいません。それと身分証明書か健康保険証、免許証、それと印鑑はお持ちになっているでしょうか」

中村は名前と住所を書き記し、国民健康保険証を差し出した。

東野は名前、住所を確認すると、すぐに戻した。

「少々お待ちください」

東野は自分のデスクに戻りパソコンを開いているようだ。中村の信用情報を確認するためだろう。信用情報をチェックした後、融資を断わられたことが何度もある。東野が再び個室ブースに戻ってきた。

「他社からの借り入れは四十万円ほどとお聞きしたのですが……」

中村は憮然として何も答えなかった。

「失礼ですがお仕事の方は？」

「トラックの運転手をしている」

失業中と答えれば融資など受けられるはずがない。中村はウソの申告を平然とした。融資を断わられると思い、中村はぶっきらぼうな口調で答えた。

「奥様は？」

「女房もパートで働いている」

「そうですか。普通はお断わりするケースなのですが……」

東野は回りくどい言い方をした。いつもこうして融資を断わられてきた。

中村は席を立とうとした。それを見て東野が慌てたように言った。

「一つご提案なんですが」

東野はまだ二十代後半か三十代前半だ。顧客を増やせば自分の成績が上がるのだろう。適当にあしらえば二、三十万円くらいは融資が受けられるかもしれない。

「何だよ、その提案っていうのは？」

「三十万円ご希望ということですが、借り換えローンということで百万円の融資をお受けになったらいかがでしょうか」

想像もしていなかった言葉に、中村は思わず笑みを浮かべた。

「当社では百万円の方が三十万円借りるより利息はお安くなります。ただしお願いがあります。率直に言わせていただきますと、複数社から融資をお受けになっていてこのままでは返済不能の事態に陥ると思います。わが社からの融資をそちらの返済に全額充当してもらえれば、毎月の支払いはかなり軽減されると思いますが、いかがでしょうか」

「是非、その金額でお願いします」

中村は元の丁寧な口調で答えた。

「ではここに百万円と書き込んでくれますか。それと保証人欄には奥様の名前を書き込んで、印鑑を押してください。返済の引き落とし銀行の通帳と印鑑はお持ちになっていますか」

「持ってきていないが……」

「それなら備考欄のところに持参と書いておいてください。第一回目の返済時に通帳と印鑑をご持参いただければ引き落とし手続きをします」

こう言って東野は個室ブースを出て自分の席に戻ったが、すぐに個室ブースに帰ってきた。アクアローンの封筒と一緒に百万円の束を持っていた。

貸借契約書のコピーと一緒に百万円を手渡された。

「それではお確かめ下さい」

封筒と百万円の束が載せられたトレイが、中村の前に差し出された。中村は枚数を確かめもせずに胸のポケットにしまった。

「では返済の方はよろしくお願いします」

東野の声を背中で聞きながら、中村は店を出た。

中村は長男の信夫の弁護料として三十万円を本田弁護士から請求されていた。その三十万円をアクアローンから借りることができた。

弁護士のわりにはいつもみすぼらしい姿で法廷に現れる本田だ。いくらろくでもない息子とはいえ、死刑判決だけは回避したい。弁護士料を支払わないばかりに手抜きでもされたら大変なことになる。

残りの七十万円を高利のサラ金に返済すれば毎月の返済額は少し安くなる。しかし、中村にはそんなことをする気はまったくなかった。リストラされ、胃がんの手術を受けた。信夫のこともあり、定職につけるはずがない。

いずれ自己破産するつもりだ。トラックの運転手仲間にも自己破産する者が何人もいた。大手、中堅のサラ金で借りられるだけ借りて自己破産する。遊興費、ギャンブルなどに全額を費やさない限り、大体は免責処分を受ける。そうすれば借金はなくなる。

サラ金七社から合計二百五十万円の借金が残っている。各社への返済はずっと綱渡りのような状態がつづき、破綻は目に見えている。アクアローンから借りた百万円のうち三十万円は本田弁護士の事務所に振り込んだ。残りの七十万円はパチンコ代に費やしてまたたく間に消えた。

千鶴の収入だけでは生活するのが精いっぱいでサラ金の返済など到底不可能だ。一ヶ月が経過し、アクアローンの最初の支払日がやってきた。返済額がいっきに増えたために、第一回目の支払いから滞り始めた。

返済日から三日目、アクアローンから返済請求の電話が入ったが、中村は電話には出なかった。電話は毎日かかってきたが、それでも中村は出なかった。それに昼間はほとんどパチンコ店にいる。

サラ金規制法によってこれまで行われてきた取り立て方法は禁じられた。

「暴力的な態度」「怒鳴ったり乱暴な言葉を使う」「正当な理由なく午後九時から午前

八時まで時間帯に電話したり訪問すること」「張り紙、落書きの他のいかなる手段を問わず、債務者の借り入れに関する事実、その他のプライバシー等に関する事項をあからさまにすること」「勤務先を訪問して債務者を困惑させたり、不利益を被らせること」

こうしたことはすべて禁じられ、これを破れば営業認可が取り消されてしまう。中村も妻も、朝八時には家を出ていた。帰宅も午後九時過ぎだ。サラ金からの督促電話にもほとんど対応することはなかった。中村はアクアローンの返済には一切応じることはなかった。二ヶ月間放置したままだった。

パチンコ店から帰宅すると、郵便受けにアポロクレジットからの手紙が入っていた。近所の公園の桜が咲き始めた頃だった。内容はアクアローンから債権を譲渡購入したこと、そして滞納している三ヶ月分の返済をすみやかにするように記されていた。

翌日、中村宏光は立川駅の公衆電話からアクアローンの吉祥寺駅前支店に電話を入れた。

「アクアローンから借りたのに、アポロクレジットから返済を求められているけど、どういうことだ」

中村は来店した時とはまったく違い、威圧的な口調で言った。

東野がすぐに出た。

「返済日を過ぎて六十日間、一切のご連絡がない場合、当社では債権を他社に売却し、不良債権化するのを未然に防いでいます。中村さんへの融資金は今後、アポロクレジットへの支払いとなります。今後、当社に問い合わせされてもお答えできかねますので、アポロクレジットにご相談されるようにお願いします」

「アポロクレジットから三回分返済しろと手紙が届いているけど、そんなことできねえからな」

「それはアポロクレジットの担当者に言ってください」

東野の返事は中村の鼻先を指で弾くような小馬鹿にしたもので、すぐに電話を切られた。

翌朝、中村は自宅からアクアローンに電話を入れた。

「今、アポロクレジットの人が来て返済しろってしつこいんだ。なんとかしてくれ」

「昨日申し上げた通り、返済についてはアポロクレジットとご相談ください」

「三回分をなんとかして支払うから、アポロクレジットから元のアクアローンに戻してもらえないか」

「それは無理です」

東野は即答し、中村を詰るような口調で言った。

「百万円を利息の高い他社の返済に充当していれば、以前の返済よりずっと楽になっていたはずですよ。返済に充当されたんでしょうね」

「一部は充当したが、どうしても支払わなければならない金があってそっちに回したんだ」

「どうしても必要な支払いって何ですか？」

「胃がんの手術をしたばかりで医療費もかさんでいるし、複雑な問題があって弁護士に払わなければならない金もあるんだ」

三十万円は本田弁護士に送金したが、そこまで詳しく説明する必要はない。

「そうですか。そのあたりのことをアポロクレジットに説明してみるんですね」

「家の前に朝からずっといて帰ろうとしないんだ。あんたから引き上げるように言ってくれないか」

「そんなことはできませんよ。何度も言っているように、中村さんと私どもは何の契約関係もありません。こんな電話を朝からもらうこともはっきり言って迷惑です」

電話を切られた。

自宅の前をビジネスマンといった風情の営業マンが居座って動こうとしない。家を出れば返済を求められる。営業マンにいつまでも玄関に居座られても困る。中村は玄関を出た。玄関前で二人の営業マンに捕まった。

均整の取れた体格の営業マンが言った。

「中村さん、三ヶ月分、いつ支払ってくれるのかだけでも、見通しを話してくれませんか」

温厚な口調だが声が大きい。近所にも聞こえているだろう。

「忙しいんだ。どいてくれ。今日の夜、こちらから電話を入れる」

中村はその場から立ち去ろうとした。大柄な営業マンが中村の前に立ちふさがり、行く手を塞いだ。

「今ここで返済をお願いしているわけではありません。返済の期日だけでも約束してください。お願いします」

均整のとれた営業マンは「返済」という言葉に一際力をこめ、大きな声を張り上げた。走り去ろうとするが、体格のいい大柄な男が後に手を組み、中村の正面に立った。

「今月末までには支払う」

中村が答えると、「月末ですね。よろしくお願いします」とあっさりと二人は引き下がった。それが意外だった。月末まで三週間あるが返済のあてなどない。

その三週間はまたたく間に過ぎた。月が変わった最初の日、午前八時に聞き覚えのある声が玄関から響いてきた。

「おはようございます。アポロクレジットと申します」

廊下のカーテンを少し開けて声の方を見ると、アポロクレジットの二人だった。千鶴も出勤前だ。

「中村さん、玄関を開けて下さい」

間違いなく近所に聞こえている。玄関の引き戸を激しく叩き始めた。前回の取り立てとは明らかに違っている。

電話が鳴り始めた。大柄な男が携帯電話を握りしめているのが見えた。もう一人の男が家の周囲を回りながら叫び始めた。

「中村さん、お留守ですか。相談したいことがあります。アポロクレジットです。お約束の件でお伺いしました」

玄関前には大柄な男、もう一人は何度も家の周りを歩きながら同じ言葉を連呼している。

「アポロクレジットです。お約束の件、どうなっているのでしょうか」

千鶴が家を出なければならない時間になった。仕方なく中村はドアを開け、二人で外に出た。相手は千鶴には目もくれないで、中村の足を止めた。

「これから仕事だから後にしてくれ」

中村は声を荒げた。

「仕事といってもパチンコ店に並ぶだけでしょう。まだどこもオープンしていませんよ」

　均整の取れた男は相変わらず穏やかな口調だが、中村がどこへ向かうかを知ってい
る口ぶりだ。

「旦那さん、ここで込み入った話をしても、俺たちはかまわんが、中に入った方がい
いのはあんたの方だろう……」

　大柄な男は低くくぐもった声で言った。

　仕方なく中村は家に戻った。引き戸を開けて中に入ると、二人の態度は豹変した。

「オッサン、いいかげんにしろよ。月末に払うって、あんた言っただろうが」

　それまで穏やかな口調だった均整の取れた男が、ヤクザのように凄み始めた。

「早く出せや」

　大柄な男は今にも殴りかかってきそうな素振りで言った。

「今、家に金はない……」

　すべてを言い終わる前に、均整の取れた男が言った。

「俺たちは子供のお使いでここにきているわけじゃねえーぞ」

　大柄な男が靴を脱いで家の中に上がり込んだ。スーツのポケットから手袋を取り出
すと、はめながら聞いた。

「手間取らせるなや。オッサンも上がれや」

均整の取れた男が、中村を小突いて家に上がるように迫った。

中村が靴を脱いで上がると、大柄な男は勝手にタンスの引き出しを開け始めた。

「早く出せよ」

均整の取れた男が言った。

中村は仕方なく、タンスの引き出しから封筒を取り出した。その封筒をふんだくるようにして大柄な男が取り上げた。当面の生活費五万円が入っている。

「これじゃ一ヶ月分にもなりゃしねえぞ。領収書は会社から送るようにする」

大柄な男が封筒を胸のポケットにしまい、玄関に行った。もう一人の男は、

「明日もまたお伺いするので、残額の方、よろしくお願いします。それでは失礼します」

と、言葉はいつもの口調に戻っていた。

二人が立ち去った後、中村はアクアローンに電話を入れた。

「先日、そちらから融資を受けて、アポロクレジットから請求を受けている者ですが……」

「少々お待ち下さい。担当者と代わります」

と女性の声がして、すぐに東野の声がした。

「先日は大変ご迷惑をおかけしました」

猫なで声で中村は話しかけた。

「はい。どのようなご用件でしょうか」

東野の事務的な声がした。

「できるならいくらでもいいので追加の融資をお願いできないかと思って電話してみたんだが……」

「せっかくですがご期待にそえかねます」

電話はすぐに切られてしまった。

中村は返済に完全に行き詰った。自転車のペダルはチェーンが絡まり、もう踏めない状態で後は倒れるだけだ。明日もまた二人が訪ねてくるかと想像すると、パチンコ店に行く気力も失せていた。

七　保護責任者遺棄致死容疑

アポロクレジットの取り立ては執拗を極めた。午前八時ちょうどに二人の営業マンが引き戸を叩く。無視していると、家の周囲を大声で「アポロクレジットの者です。返済についてお話しをしたくてやってきました」と隣近所に聞こえるように歩き回る。中村宏光は玄関を開けると、「これから仕事だ」と言って、振り切るようにして走ってバス停に向かう。そして一日パチンコで時間をつぶす。

夜、帰宅すると車の中で待機している営業マンが、「話がある」と迫ってくる。自宅に入り、話し合いを拒否していると、平然と大声を張り上げる。体裁が悪いので家に入れるしかない。一日に二度も自宅まで押し掛けてくるとは、想像もしていなかった。

「ない袖は振れない」

中村は居直るしかなかった。しかし、二人は取り立てのプロのようで、平然と恫喝を加えてきた。

「だったら借りてきて返済しろよ。他人から借りておいてないで済む話か」

大柄な男が中村の胸倉を掴みかからんばかりの勢いで迫ってきた。彼らは夜の八時を過ぎても帰ろうとはしなかった。妻の千鶴が帰宅しても、彼らは平然と十二時近くまで居座った。

同じことが毎日つづいた。

中村は仕方なく、千鶴の給与の前借りで二回分の返済金を用意した。

午前八時に中村は家を出た。二人に囲まれた。

「これからパチンコですか」大柄な男が嘲笑するように言った。

「銀行に行って振り込む。二度と来るな」

中村はバスで立川駅前にある銀行でアポロクレジットに二回分の返済金を振り込んだ。これでしばらくは督促から逃れられると思い、その日一日はパチンコに没頭した。

二万円儲かり気分をよくして帰宅すると、家の前に車が止まっていた。

中村が戻ってきたことを知ると、二人は下りてきて中村の前に立ちはだかった。

「まだ何か用か。振り込んでおいたぞ」

均整の取れた営業マンが答えた。

「どれだけ返済が滞っているのか、あんた知っているのか。今日、振り込んだのは二回分だけだぞ。しかも延滞利息は一銭も含まれていない。でかいツラするんじゃないよ。残りの分はいつ返済してくれるんだ」

中村は黙り込むしかなかった。

大柄な営業マンが大声で言い放った。

「今日はご返済ありがとうございます。それで、残りの支払いと延滞利息についてはいつ頃のご返済になるかお聞かせ下さい」

その夜も営業マンは中村の家に上がり込んだ。均整の取れた男がドスのきいた声で言った。

「これだけ信頼関係が崩れてしまうと分割返済は難しい状況で、今後は一括返済になりますので、その点はご承知おきください」

「そんなことは聞いていない」

「何を言っているんだよ。分割返済が不能になった場合は、延滞利子を含めて一括返済という契約書にあんたはサインしているんだよ」

大柄な男が殴りかからんばかりに言ってきた。

「今日はこれで帰るが、明日までに全額返済できるように用意しろよ、いいな」

均整の取れた男が言った。

一日に朝と夜、二回の借金催促を毎日迫られれば、誰でも精神的に追いつめられていくだろう。ゆっくり眠ることもできない。心理的プレッシャーで自殺に追い込まれる者も少なくない。中村は自殺したり、ホームレスになって行方をくらましたりする債務者の気持ちがわかるような気がした。

執拗な督促から逃れるには、アポロクレジットの遅滞している返済をすべて支払うしかない。そのためには他社への返済に充当している資金をアポロクレジットに回すか、あるいは借りられるサラ金から新たに借りるしかない。

百万円を融資する時に、返済期間を短く設定し毎月の返済額は約九万円にしてある。中村は返済期間、返済額のことなど考えていなかった。百万円という思いもかけない融資に飛びついてしまったのだ。

「あまり長い期間設定しても、利息をたくさん払うだけです。当社からの融資百万円を他社の返済に充当すれば、今までの返済額より二万円少なくなります」

アクアローンの融資係東野の言葉に二つ返事で乗ってしまった。

中村はアポロクレジット営業マンの日参に音をあげ、訪問から一ヶ月で延滞利息を含めて約五十万円を返済した。しかし、それでもまだ五十万円近い残債があった。

中村宏光、千鶴の二人は午前七時半には二人揃って家を出なければならなくなった。アポロクレジットへ無理な返済をしたために他社の支払いに遅れが出ている。他社の営業マンも午前八時になると同時に訪問か電話で督促をしてくるようになった。

中村宏光はそのまま立川市内のパチンコ店に並び、一日そこで過ごすか、あるいは出玉が少ない時は店を替えた。パチンコ店はほとんど立川市内だが、新機種導入の新聞チラシの広告が入った日などは、八王子市内のパチンコ店にも足を運ぶ日もあった。

中村がパチンコ店以外に行く場所と言えば、昼食を取るために入る定食屋かラーメン店くらいで、あとは立川競輪場と立川市の国立災害医療センターだけだった。災害医療センターで胃がんの手術を受け、術後のケアのために定期的に通院しているのだ。千鶴は立川駅から多摩モノレールで京王線の高幡不動駅まで通勤していた。そこに清掃会社があり、高幡不動駅から指定された駅に向かい、プラットホームやトイレの清掃をしている。

平日は午後六時から七時の間にパチンコ店で千鶴と合流し、玉が出ている日は閉店間際まで、出玉が少ない時でも九時頃までは二人でパチンコ店にいた。九時前に帰宅すれば、サラ金の営業マンが訪ねてくるかあるいは電話がかかってくる。

アポロクレジットも相変わらず朝晩押し掛けてきたが、大声で喚こうと叫ぼうと、体裁など気にしている余裕は中村にも、千鶴にもなかった。

金を稼ぐにはパチンコしかなかった。自分の子供が殺人を犯しているのに、夫婦二人でパチンコの台に向かっているのは、自分でも異様だと思うが仕方がない。胃がんの術後のケアにも定期的に行かなければならないが、その余裕もなくなってしまった。

中村宏光はどれほどの債務があるのか、自分でもわからなくなっていた。パチンコ店から帰ると、留守電の録音は借金返済の督促ばかりだった。そのうち電話代も払えなくなり、電話は止められた。すぐに営業マンが取り立てに来るようになった。電話で請求される方がまだましだと思って遅れている電話代を支払った。

サラ金に追加融資を申し込むと、

「弊社ではこれ以上の融資は困難ですが、もう少し規定がゆるやかな消費者金融をご紹介することはできます」

この言葉に中村は飛びつき、融資を申し込む。しかし、融資額は数万円程度だった。これがヤミ金だった。彼らは法律などまったく無視し、脅迫、いやがらせ、深夜の訪問、すべてをやって高利を貪る。自己破産するのは時間の問題だった。

アポロクレジットも脅迫まがいの取り立てだったが、ヤミ金はそれ以上だった。どうやって調べるのか周囲の家に、中村が借金を返済しないで踏み倒そうとしていると中傷の電話を昼夜問わずに入れた。隣近所からも苦情が入るようになった。

中村は千鶴の給料が入ると、その金を持って本田弁護士を訪ねた。サラ金の取り立てに遭い、生活は困窮する一方だと訴えた。サラ金からの督促状を本田弁護士の前に広げると、一瞬、苦り切った顔をしたが、すぐに答えを出した。

「胃がんの手術をしたばかりで定収が見込めない以上、これは自己破産しかないですね」

中村は着手金の二十万円を渡して、自己破産手続きを依頼した。

一週間後、それまでの督促がまるでウソのように止まった。大手消費者金融や中小のサラ金は弁護士が介在した段階で取り立てを止める。法律でそう定められているのだ。しかし、ヤミ金だけはそんなことはおかまいなしに取り立てを行う。ヤミ金は事務所も持たず、電話だけで営業していた。

「ヤミ金自体が違法で、どんなに督促を受けても支払う必要はありません。自宅まで取りに来ることはまずありませんが、来たらその場で警察に通報すればいい」

本田弁護士からそう指示された。早く弁護士に相談すべきだったと後悔した。サラ金の返済をせずに済めば、細々とだが千鶴の収入で二人の生活はなんとかなる。

「裁判所は自己破産を認め、債務の免責処分を受けられると思います。しかし、ヤミ金は深夜であろうがなかろうが脅迫電話をかけてきますが、無視することです」

本田弁護士の言う通りに支払いはしないと宣言し、自宅までくれば警察に通報すると答えると、ヤミ金からの電話は止まった。

再び中村はパチンコ店に足を運ぶ日々を送るようになった。

しかし、厳しい取り立てから解放されたものの、今度は千鶴が突然解雇されてしまった。清掃会社に匿名の手紙が複数届いたらしい。千鶴は長男の信夫が殺人で逮捕され、裁判中である事実は隠していた。事件が社員やパートタイムの間でも話題になったが、一切話題に加わることは避けていた。四人も殺した犯人の母親であることが知れわたれば、会社にはいられなくなるだろうし、それまで一緒に働いていた同僚からも白い目で見られるのは歴然としていた。

「私が担当している駅名を書いて、殺人犯の母親が働いている駅で乗り降りするのが怖いと、会社に連絡してきた人がいるみたい。それも一人や二人ではないらしい」

千鶴が担当していたのは特急や急行の停車しない南平、平山城址公園、長沼、それに百草園の駅ホームの清掃だった。それらのホームで千鶴を見かけたと、手紙と清掃中の写真が舞い込んだようだ。千鶴はその手紙を見せてほしいと担当者に言ったが、会社宛に来たもので見せることはできないと拒否された。

清掃会社のある高幡不動駅には、京王線の車両の点検施設があり、車両の水洗設備もある。回送車両の車内清掃も行っている。

「ホームの清掃の仕事に支障があるなら、車内の清掃に配置換えしてください」

こう言って千鶴は解雇を免れようとしたが、乗降客のクレームを無視することはできないと解雇が撤回されることはなかった。しかし、清掃会社はパートタイムにもかかわらず、三ヶ月分の給与を慰労金として支払うことを提示してきた。結局、千鶴はその慰労金を受け取り退社せざるを得なかった。

千鶴の再就職先はなかなか見つかりそうにもなかった。パートタイマーなので失業保険にも加入していない。中村は慰労金でしばらく暮らし、その後は生活保護を申請しようと考えた。

千鶴は退職したばかりで、生活保護の申請に行くのは早すぎる。解雇になった翌日から二人揃って毎日パチンコ店に通い、競輪、競馬、競艇の開催日はそちらに向かった。立川駅からJR中央線で西国分寺に出て、そこで武蔵野線に乗り換える。武蔵野線は別名ギャンブル線と呼ばれ、沿線には府中競馬場、大宮競輪場、戸田競艇場、川口オートレース場、船橋オートレース場などがある。

解雇から三ヶ月が経とうとしていた。中村宏光は神妙な顔つきで立川市役所に向かった。訪ねたのは生活福祉課で生活保護の相談、申請窓口だ。中村は胃がんで胃を全摘し、運送会社を解雇され、妻も清掃会社をクビになり、生活に困窮していると訴えた。

担当者は家族の有無や再就職先をどれくらい探したのか、健康に問題があるのかを中村に問い質した。

二人の娘はすでに嫁ぎ、別世帯として生活し、長男は刑事事件を起こして裁判中だと説明した。担当者は審議した上で、結果を知らせると言った。担当者は中村の話を親身になって聞いてくれ、申請は認められるだろうと思った。

一週間後、中村は生活福祉課から呼び出された。

担当者は厳しい表情をして中村を待ちかまえていた。カウンターを挟んで彼の前に座った。

「結論から先に申し上げます。生活保護申請は認められませんでした」

「何故だ」中村は思わず声を荒げた。

「こういうご時世で不正受給が問題になり、我々も税金を使わせてもらうわけですから、それなりの調査をさせていただいています」

「それで……」

「中村さんは胃がんの後遺症で働けないという申請理由ですが、市内のパチンコ店に行ったり、競輪場、競馬場にもしょっちゅう足を運ばれたりしているようです。それも奥さんもご一緒されているようなので、まずはお二人でハローワークに行って仕事を探し、どうしてもということであれば再度申請してみてください」

担当者は結果だけを告げると、席を立ち自分の机に戻ってしまった。中村はキツネにつままれたような気分で、市役所を出た。

立川市役所に生活保護の申請をして以降も、パチンコ店には足を運んだが、競輪競馬場には行っていない。素行調査をしたと言っていたが、市役所が興信所を使って調査をするはずがない。調査をしたとすれば、隣近所に聞きこみに回るしかない。

サラ金から多額の借金をし、パチンコ店に通っていたことくらいは証言するかもしれないが、競輪競馬場で隣近所の人間と出くわしたことはない。どうして競輪、競馬の事実を知られたのだろうか。それとも気づかないうちに馬券を買っているところでも市役所のスタッフに見られたのだろうか。

いくら考えても結論が出るはずもなかった。どちらかが働かなければ、来月からの生活に困るのは目に見えている。必死になって仕事を探したが、年齢や病歴を告げると、どこも採用してくれなかった。


東京高裁の傍聴席に現れる中村夫婦は日ごとにやつれていった。宏光は汚れで襟が黒くなったワイシャツに折り目のまったくないズボンにブレザー、千鶴はほとんどが白髪で、その髪も一切手入れをしていないのか逆毛立ち異様な雰囲気を漂わせている。涼しくなりカーディガンかセーターが必要な季節になっても、二人は相変わらず夏物の衣服を身にまとっている。

二人の近くに座った小宮清子はハンカチで口と鼻を塞いだ。何日も風呂に入っていないようで、異臭を放っていた。特に宏光のやつれ方が激しかった。目は落ち込み眼球だけが飛び出しているように見えた。頬骨や顎の骨格がくっきりと浮かび上がるほど痩せていた。

いつも入廷と同時に傍聴席を見渡す中村信夫にもやつれた両親の姿が目に入ったはずだ。久しぶりに見た両親の変わり果てた姿に中村信夫自身、激しく動揺している様子だった。

その日の法廷では信夫はいつになく落ち込んでいて、下を向いたまま顔を上げようとはしなかった。傍聴席に視線を向ける回数も少なかった。

その冬いちばんの寒さを記録した朝だった。放射冷却現象が起きたとテレビのニュースでは、多摩川から水蒸気が立ち込める映像が流れていた。

小宮清子が朝刊を広げると、多摩版に掲載された一段記事が目に止まった。普段なら見過ごしてしまう小さな記事だった。「ホームレスの女性逮捕」という小さな見出しだが、清子は敏感に反応した。

記事は中村千鶴が「保護責任者遺棄致死容疑」で逮捕されたという内容だった。異臭に気づいたホームレスが交番に届け出て、警察官が容疑者に職務質問をしたところ、テント内ですでに死亡している男性を発見。

男性は中村宏光で、五日前の朝、目を覚ましたらすでに死亡していたと中村千鶴は話している。遺体は司法解剖の結果、病死と判断され、事件性はないと見られている。

新聞報道によると、中村夫婦は当てにしていた生活保護が受けられず、その後は家賃を支払うどころか滞納がつづき、食費にさえ困る状態に陥った。電気、ガス代も未払いで止められた。

近所の人の話では、懐中電灯を天井から吊るして夜は生活していたらしい。最後は水道も止められ、近くの公園からペットボトルに水を汲んで持ち帰っていた。オーナーから立ち退きを求められ、結局持ち運べるだけのものを持って二人は家を出た。

二人が生活していたのは立川市と日野市の境を流れる多摩川の河川敷だ。深夜から明け方にかけて千鶴が空き缶と捨てられた雑誌や漫画を拾い集め、それを売って現金収入を得ていた。

要するに病院に連れて行って治療してもらう金もなかったということなのだろう。

清子はその記事を拡大コピーして、東京拘置所に収監されている中村信夫に、架空名義の速達で送付した。

ホームレスの夫婦というのも珍しいが、夫が治療も受けられずに病死、普通ならワイドショーの格好のネタになりそうなものだがテレビにもニュースは流れなかった。やはり四人を殺した殺人犯の両親で、新聞記事が各社一段だったのもそうしたことが影響しているのだろう。

中村千鶴は立川署で取り調べを受けているようだ。

司法解剖の結果、再発した胃がんが肝臓や肺に転移し、死因は多臓器不全。結局、立川警察は起訴猶予として中村千鶴を釈放した。

新聞を読むとその男は、中村夫婦が生活していたという多摩川の河川敷を訪れた。

藤原勉、ホームレスの鈴守大輔が殺されていた地点から数キロ上流だった。

近くに大きな公共の図書館があり、そこに車を止め、散歩をしているような素振りで河原を歩いた。川から流れてくる風は冷たいというより痛さを感じるほどだった。

河川敷に設けられたブルーシートのテントは一ヶ所だけではなく、三ヶ所ほどあった。木枯らしに吹かれ、今にも吹き飛ばされそうに波打っていた。どうやって夜は暖を取っているのだろうか。厚着をして布団を重ねたくらいでは寒さはしのげないような気がした。

多摩川の水辺に近いところに張られたテントには、七十代と思われる男のホームレスがいた。杭が二本打たれ、そこに紐が渡され、物干し竿代わりに使っていた。以前はまともな生活をしていたのだろう。わりと清潔なダウンコートを着込み、川の水で洗った下着を取り込んでいる最中だった。

「新聞報道にあったご夫婦はどこで暮らしていたんですか……」

「君は新聞記者か？」

「いいえ、この近所に住んでいる者ですが、治療も受けられずに亡くなったなんて気の毒だと思ったものですから……」

「あの病死したオヤジさんは、いちばん奥のテントで暮らしていた。二、三日前から奥さんがまた戻ってきた」

これ以上関わりたくないらしく、こう言ってホームレスの老人はテントの中に入ってしまった。

男は河川敷の枯れ草の中にできた細い道を上流に向かって歩いた。目的のテントは半ばつぶれかかったビーチパラソルのような状態だった。人が近寄ってきたことが枯れ草をかき分ける音でわかったのか、テントのブルーシートが突然開いた。テントの中の様子が一瞬だが見えた。

布団が敷かれ、鍋や食器、それに何かが詰め込まれたビニール袋や段ボールが散乱していた。毛布を体に巻きつけ引きずるようにして中から千鶴が出てきた。

男は足を止めた。千鶴が何を思ったのか、男のところに歩み寄ってきた。汚れたセーターを何枚も重ね着をしていたが、どのセーターも袖口やネックのところがほころびていた。髪は白髪であぶらぎっていた。激しい異臭が漂ってくる。

「あんた、タバコある?」

裁判所で一、二度顔を合わせているが、千鶴は覚えていないのだろう。表情もうつろで目の焦点は合っていない。心を病んでいるのかもしれない。

男はタバコの箱から一本差し出した。千鶴がそれを引き抜くと、男はライターで火をつけてやった。

「よかったらどうぞ」

とタバコの箱を差し出すと、千鶴は奪うようにポケットに突っ込んだ。

タバコを持った手が震えている。寒さだけが理由ではなさそうだ。頬骨が異様に浮かび上がり皺だらけの新聞紙のような肌をしている。ろくな食事もしていないのだろう。

「こんなところで暮らしていて寒くないですか」

千鶴は何も答えなかった。

「子供さんはいないのですか」

タバコを深く吸い込みゆっくりと吐きながら「一人だけ」と千鶴は答えた。二人の娘がいたはずだが、見捨てられてしまったのだろうか。四人も殺した弟とは縁を切りたいと思っても当然だ。

「子供さんは助けてくれないんですか」

千鶴は黙りこくった。

「食事はどうしているんですか」

「コンビニで廃棄処分になるものを裏手でこっそり従業員からもらってる」

賞味期限切れの弁当は、以前は生ゴミとして廃棄されていた。ゴミ収集前にホームレスが自由にゴミ箱から取り出して食べることも可能だった。しかし、食中毒を起こした場合、管理責任を問われかねないとコンビニ各社は賞味期限切れ食品の管理を厳重にした。以前のように自由に手に入らない。

「まともな食事をしなさいよ」

男は胸のポケットから財布を取り出した。胸のポケットには写真六枚がしまわれていた。その写真を男はわざと地面の上に落とした。その写真を千鶴が拾った。

死んだ宏光と千鶴がパチンコや競輪、競馬に夢中になっている写真だ。駅のホームを清掃しているスナップ写真もあった。自分が写っている写真を手にして、千鶴は事態がのみ込めないのか、呆気に取られている。その写真を受け取ると、男は千鶴に千円札六枚を握らせた。

「写真を拾ってくれたお礼だよ、一枚につき千円。これで食事でもしなさい」

「あんたいったい……」と言いかけて「アッ」と短い驚きの声を千鶴はもらした。ようやく思い出したようだ。

千鶴は青ざめた顔に変わり、わなわなと震え始めた。

「どうしてこんな写真を……」

その質問に男は答えなかった。

「安心しなさいよ。お宅の子供のようにむやみやたらに人殺しなんかしないから」

男は写真をポケットに戻しながら言った。

「あんたの息子にも、あんたらがどんなに優雅な生活をしているか教えてやったよ。

たまには拘置所に面会にでもいってやりなさい」

男は足早にテントから離れていった。

それから五日後、夕刊に千鶴の自殺記事がやはり一段で報道された。多摩川の土手に植えられた桜並木の枝に紐をかけ首を吊った。早朝散歩にやってきた近所の老夫婦によって発見された。

男はその記事を拡大コピーして中村信夫に送付した。


八王子支部で判決が下りる三ヶ月前に石川敏彦は大腸の三分の一を取り除く手術を受けた。腹膜や肝臓、リンパ節に転移が見られた。それでも手術直後は以前と同じように食事も摂れるようになった。減っていく一方だった体重も元に戻った。しかし、昼間は両親二人だけという状況はまったく変わらず、母のうつ病はそれなりに回復したが、一日中、家に引きこもる生活がつづいた。気になるが長女の紘子にはどうすることもできなかった。

二人だけになると、話題はやはり判決や三人の被告になってしまうようだ。

「孝太郎をなぶり殺しにした吉崎や中村がなんで死刑にならないのだ。少年法か何か知らないけれど実名も写真も掲載されない。あんな人間が社会に出てくれれば、また同じことを犯すに決まっている。犯人たちを支援する人たちもどうかしている」

怒りをあらわにしていた敏彦だが、地裁判決後から、急激に病状は悪化していった。

手術後、一度再入院した。CTスキャンに映し出された肝臓への転移は四ヶ所で、手術して取り除くことは不可能、あとは抗がん剤で叩くしか方法はないと医師から告げられた。しかし、抗がん剤治療の効果はなかった。

「肝臓がんの場合、末期に痛みを訴えることがしばしばありますが、痛みのコントロールはかなりできるようになっています」

医師はモルヒネを投与し痛みをコントロールすると説明した。

判決から一ヶ月もすると敏彦の症状はさらに悪化した。判決を心の支えにしてきたのだろう。不本意な判決に心が折れてしまったようだ。敏彦は再び入院せざるを得なかった。

抗がん剤の効果を期待することもできず、治療といっても痛みをコントロールするだけだった。モルヒネが効いている時は、敏彦はぼんやりと窓の外を見ていたが、半ば眠っているような状態がつづいた。

目を覚まし、そばに紘子がいるのがわかると話しかけてきた。

「この間手術をしたばかりなのにまだ悪いところがあるのか……」

敏彦はしきりに病状を知りたがった。がんと闘える状態なら、事実を告げる必要があるのかもしれない。しかし、医師の宣告が正しければ残された寿命はもう一ヶ月もない。

「孝太郎が亡くなってからの心労が蓄積していたから治りが遅いのよ……」

紘子はあいまいな返事をするしかなかった。

モルヒネが切れると激しい痛みが襲ってくるのか、敏彦は身を横たえて眠ることさえできなくなっていった。ベッドから身を起こし、枕を背中にあてて座った状態でいるのがいちばん楽なようで、座った姿勢をとる時間が多くなった。

モルヒネを投与し横になっても、体の微妙な動き一つで全身に痛みが走るらしく、すぐに目を覚ましてしまった。そうなるといくらモルヒネを投与しても熟睡などとはほど遠い状態に陥った。

体が動かないように枕や毛布を腰や背中にあてがい体を固定した。まどろみ始めると体がどちらかに傾くので、紘子がそばにより添い傾いてくる敏彦の体を受け止め支えるように座った。そんな不自然な姿勢で眠っていられる時間はせいぜい一、二時間で、その時間も次第に短くなっていった。

傾いてくる姿勢を元に戻してやろうと、そっと手を添えるのだが、その刺激だけでも痛みが体中を貫くようで、「もっと静かにやれ」と顔を歪め言葉を荒げた。その一方で、まったく痛みを感じない時間もあるらしく、そんな時は穏やかな表情を浮かべながら言った。

「ありがとう」

「何を言っているのよ」

「言える時に言っておかないと……」

敏彦も自分ががんに侵されていることは悟っていたのだろう。

それからは数十分眠っては目を覚まし、二、三時間痛みに耐えるという状態が繰り返された。それが一週間もつづいた深夜のことだった。

敏彦が興奮状態に陥った。

「起こしてくれ」

敏彦は点滴の管を取り外して、ベッドから下りようとした。紘子はナースコールのボタンを押した。すぐに看護師が駆けつけてきた。必死に押さえ込んでいる紘子を見ると、すぐに当直医を呼んだ。

敏彦は紘子の腕に爪を立てて、立ち上がろうともがいた。どこにそんな力があるのかと思うほどで、紘子一人では押さえきれなかった。

当直医がもう一人看護師を連れて部屋に入ってきた。敏彦を見た瞬間、「鎮静剤を」とひとことだけ言った。

看護師がナースセンターに器具と薬を取りに戻った。

三人がかりでようやくベッドに寝かせたが、敏彦は相変わらず手足をばたつかせて起き上がろうとした。看護師が戻ると、医師はすぐに鎮静剤を注射した。

薬の効果はすぐに現れた。暴れるのを止めると、敏彦は寝息というよりは鼾をかいて眠り始めた。

それから三時間くらい敏彦は熟睡した。夜が明けようとした頃だった。敏彦が目を覚ました。

うっすらと開けた目が彷徨いながら紘子を捜していた。

「お父さん、私ならここよ」

敏彦は右手をそっと上げた。その手を紘子は両手で包むようにして握った。紘子がそばにいることがわかったようで、敏彦は大きく目を見開いた。

「あいつらを絶対に許さん。殺してやりたい……」

敏彦ははっきりした言葉で言った。その直後、「ウッ」と肺の中の空気をすべて吐き出すような声が漏れた。その瞬間、握った敏彦の腕が急に重くなったように感じられた。

敏彦の脈拍や心電図、血圧はナースセンターでもモニターしている。医師と看護師が駆けつけてきた。

「もうこれ以上の延命措置は私も本人も望んでいません」

紘子が言うと、医師は何も答えず深々と頭を下げた。

悲憤のうちに敏彦は死んでいった。

それを思えば、中村の両親が惨めな死を迎えるのは当然だ。その原因は中村信夫自身にある。拘置所の中で死刑に怯え、両親を死に追いやった原因は自分にあると苦しむべきだ。しかし、それも中村信夫に最低限の良心があれば、の話だが……。

八　殺人者の足跡

静代を死に追いやった三人の被告人には、一日、いや一時間でも長く苦しむ時を与えたい。小宮清子は裁判を傍聴しながら江戸時代の裁きの方が合理的だと思える時がある。死刑は斬首や磔、鋸挽きなど考えうる限りの苦痛を犯罪者に与える。無期懲役に相当する流罪になれば離れ小島で生涯を終え、一般社会に戻ることはない。こうした処刑ならば被害者家族も少しは溜飲が下がる。

遠藤は育った家庭環境を流川弁護士に聞かれた時、こう答えた。

「親も家族もいない。これまで生きてきて心を開いたのは二人の女性だけだよ」

流川弁護士にその一人は支援者の「鳴島」とはっきり答えているが、もう一人については「答えたくない」と法廷での証言を拒否した。

鳴島は家族ぐるみで遠藤を支援している様子だが、信仰に基づいて遠藤を支援しているに過ぎない。実の父親は行方不明、母親はすでに死亡。養子に出された母親の妹夫婦の家でも虐待を受けて育ってきた遠藤にとって鳴島は大切な人なのだろう。その上、鳴島は八王子支部の法廷に立ち、情状酌量を求める証言もしている。

流川は遠藤が心を開いたとするもう一人の女性にも情状酌量を求める証言をさせた

かったようだが、結局、遠藤はその女性の名前を流川にさえも明かさなかった。遠藤は相変わらず粗暴な口調で、表情にも乏しく本心を見せない男だ。

その女性が誰なのか、清子は気になった。

三瓶記者から東京拘置所に行って、直接三人の被告に怒りをぶつけてみる気持ちはないのかと聞かれたことがある。面会すれば、彼らは体裁を取り繕い、謝罪の言葉を述べるだろう。そうすれば次回の法廷で遺族に謝罪したと平然と証言するのは明らかだ。少しでも有利になるように、面会をも利用するだろう。中村の両親との立ち話でさえも謝罪したと本田弁護士に利用された。これ以上同じことで痛い目に遭うのはこりごりだと思った。遠藤に直接問い質したい気持ちはあるが、面会をする気はさらさらなかった。

清子は遠藤が名前を明かさなかった人物を探し出してみようと思った。

地裁判決ではサバイバルナイフを石川孝太郎の脇腹に刺したのは遠藤だと認定した。それでも遠藤は否認を続けた。東京高裁の法廷でも、遠藤は相変わらず石川孝太郎を刺殺したのは自分ではないと主張していた。

控訴理由を流川に聞かれると、平然として答えた。

「死刑になれというなら仕方ねえけど、なんで俺だけなんだ、ふざけんなよ。刺したのは俺じゃねえって言っているのによ。死刑にするなら三人とも死刑にすりゃいいいだろう。その方がまだ筋が通っている。地裁の裁判官はバッカじゃねえの」

遠藤は孝太郎刺殺の事実認定が誤っていると主張した。

サバイバルナイフを突き刺したのは誰なのか。審議は高裁の法廷でも行われた。遠藤は自分ではないと頑強に否認した。

清子は自分ではどうすることもできないほどの憤怒に襲われた。傍聴席を乗り越えて、遠藤の脇腹にナイフを突き刺してやりたい衝動に何度もかられた。

東京高裁、あるいは最高裁でも遠藤には死刑判決が予想される。しかし、最高裁判決が下ったとしても執行されるまで遠藤は生き続ける。その間、遠藤には生きていることが苦しくなるほどの精神的苦痛を与えたい。何の罪もない静代と孝太郎が殺され、悲憤のうちに孝太郎の父親も死んでいった。房子は心を病み、闇の世界をさまよっている。

遠藤には死の恐怖だけではなく、「早く執行を」と言いたくなるほどの苦痛を背負わせたいと思った。そうでなければつじつまが合わない。静代は命を奪われ、清子は希望を絶たれたのだ。それは石川の家族も同じだ。

流川弁護士は高裁の審議に入っても、再度精神鑑定を申請し、突然、遠藤の左手握力の測定と医師による診断を求めた。いくら利き手の左手とはいえ、ハンマーグリップで柄元まで突き刺すのは不自然と主張したのだ。裁判所の判断は、精神鑑定は却下したが、握力の測定と診断は認めた。

深く食い込ませるには、リバースグリップ（逆手）あるいはアイスグリップと呼ばれる握り方で、大きく振り下ろすようにして刺さなければ不可能だと流川弁護士は主張した。しかし、遠藤の指紋は明らかにハンマーグリップを示していた。

グリップからは三人がハンマーあるいはリバースグリップで握ったことを示す指紋がいくつも検出されている。しかし、それらは返り血の下から検出されたもので、血を浴びたグリップを握ったことを示す指紋は、遠藤の左手ハンマーグリップだけだった。

さらに一審段階では認めていた静代へのレイプを否認し、強姦罪については無罪を主張するようになった。


ＪＲ横浜線の矢部駅と相模原駅間の北側にはアメリカ軍の相模原補給廠がある。遠藤は相模原補給廠の南側に位置する矢部で生まれている。

二十年以上も前のことで記憶している人などいないだろうと思ったが、一審判決後、清子は矢部を訪ねてみた。予想に反して遠藤の子供時代を知っている人間はいた。被告の子供時代を取材しようと新聞記者や週刊誌の記者がすでに回っていた。実名は報道されていないにもかかわらず、遠藤が四人を殺した犯人の一人だということを、古くからその地域で暮らしてきた住民の多くが知っていた。

「あのガキはいつかとんでもないことをしでかすと思っていたが、やっぱりという感じだよ」

口を揃えて遠藤を知っている住民は語った。

「あなたもどこかの記者さん？」

梅雨は明けていた。鏡の破片を空からまいたような日射しが降り注いでいた。汗を流しながら一軒一軒訪ね歩く清子の姿は奇異にみえたのだろう。

被害者家族だと告げると、遠藤を知る住民は清子に同情した。

「もらわれてきた家がひどかった。あの養母はあいつだけじゃなくて自分の子供もほったらかしで亭主も家にはいなかったし……。三人の実子もヤクザの組員だっていう話だ」

詳しいことを知っているのは、村富神社の鳥居の前にある菓子屋の先代オーナーだと教えてくれた。村富神社は矢部駅と相模原駅の中間のところにあり、通りを挟んで鳥居の正面に大隅菓子店があった。

洋菓子店で中年の夫婦らしき二人が接客に当たっていた。ケーキを見るようなふりをしながら他の客が店を出るまで待っていた。誰もいなくなったところで、清子は訪ねてきた目的を告げた。

「被害者の遺族の方ですか……。少し待ってください」

店主は店の奥へと入っていったが、すぐに戻ってきて言った。

「昔の話なんでどこまで覚えているかわかりませんが、オヤジに直接聞いてみてください」

店主は店の入口横にある路地に清子を導いた。

「まっすぐ行った突き当たりがオヤジの家です」

玄関でインターホンを鳴らすとすぐにドアが開いた。清子よりは一回り上と思われる老人が立っていた。

「息子から聞きました。隆文のことは覚えています。でも小宮さんの期待に応えられるかどうかわかりませんが、どうぞあがってください」

応接室に通された。エアコンの冷気で汗にぬれた下着が冷たく感じられる。

「店の経営はもう十年以上も前に長男夫婦に任せ、私はここで隠居暮らしです。家内が生きていれば、私より詳しく知っていたと思うが……」

「奥様はいつ頃亡くなられたのですか……」

「四年前、いや五年前でしたか、私ももうかなりボケてしまって……」

そんな話をしていると、店にいた女性がショートケーキとコーヒーを持ってきてセンターテーブルの上に置いた。二代目店主の妻だった。

「それで隆文のどんなことをお知りになりたいのでしょうか」

　清子は一審判決の概略を伝えた。

「被告自身、それに弁護士も死刑を免れるために被告たちの家庭環境の劣悪さをあげ、それが犯行の根底にあるという主張を展開しています。しかし、本人たちの言ったことを弁護士はそのまま主張しているだけで真実かどうかわかりません。実際どうだったのか、それを自分で確かめ、その上で、再び意見を述べる機会が与えられるのなら、法廷で極刑を望んでいると自分の思いを述べたいと考えています」

「そうでしたか。確かに劣悪な環境であったと思う。隆文自身も子供の頃から悪かった。あいつを知っているほとんどの人間は、いつかは大問題を起こすだろうと思っていたはずだ」

「こちらを訪ねてくる前に、遠藤が暮らしていた家の近所の方たちから話を聞きましたが、皆さん一様にそうおっしゃっていました」

「被害者の家族にしてみれば、家庭環境が良かろうが悪かろうが、極刑を望まれるのは当然だと思います。気を悪くしないで聞いてください。確かに隆文には同情すべき点はありました。かわいそうだと私も家内も思ったから、あいつにはできる限りのことをしてやったと思っています」

「私は事実を知りたいだけです。どんなことでもかまいませんから、あいつの子供の頃の話をお聞きできればと思います」

大隅が遠藤について語り始めた。

「隆文の体や顔には青痣、ひどい時にはタバコの火を押し付けられたような火傷もありました。やったのはあいつの養母だと思います」

養父はヤクザでほとんど家にはいなかったようだ。養母もアルコール依存症。隆文だけではなく三人の実子にも暴力をふるった。

「隆文は食事も与えられずいつも腹を空かせていた。店の前にきては食べたそうにしていたのを見て、家内が店の裏手に呼んで、使わなかったスポンジケーキの切れ端や形が崩れたケーキを好きなだけ食べさせてやった。それから毎日、隆文はやってきてはケーキを頬張っていた」

「養母については何か言っていましたか」

「よほど怖かったのか、誰に殴られたのか、どうして火傷をおったのかを聞いても下を向いたままで何も答えなかった」

しかし、近所から聞こえてくるのは養母が異様な暴力をふるっているという話だった。

「尾ひれがついて誇張されるのが普通だが、実際そばで見てきた私には、聞きしに勝る状態だった。今のように児童相談所に駆け込めばなんとかなるような時代でもなく、できることは、火傷の傷に絆創膏を貼ってやることと、腹いっぱいケーキやパンを食わせてやることとくらいだった」

大隅夫婦は子供の頃の遠藤に同情し、可能な支援をしていたようだ。そんなことが半年ほどつづき、遠藤はその好意に付け込んで、大隅夫婦が想像もしていないことを始めた。

「店に誰もいなくなったその隙を狙ってケースの中のケーキを盗んで食べるようになったんだ。裏で食べさせたケーキやパンだって商品として出せなかったというだけで、味も品質もまったく同じものを与えていた。それなのに私たちの目を盗んでケースから取り出すようになった」

大隅夫婦がいくら注意してもきかずに平然と盗み食いを繰り返し、最後にはレジの金を引き出すようになってしまった。

「学校の先生にも相談してみましたが、そもそも登校していなかったし、まったくお手上げの状態でした」

「それで大隅さんはどうされたんですか」

「お金が盗まれ、それを養母に言っても無駄だというのはわかっていたから、仕方なく警察に相談しました」

結局、捜査員が一人張り込み、金を盗むところを取り押さえて、養母を警察に呼んだ。そこで厳重注意を与えた。

「翌日青痣を顔中に作って隆文は店の前を通り過ぎて行った。養母から殴られたのだろうと思ったが、私たちに謝れば許してやるつもりで、こちらからは声をかけなかった。とにかく食事もろくに与えられていないというのはわかっていたから、反省すれば腹を空かせた時は、また裏でケーキやパンだけではなく普通の食事もあげてもいいとさえ家内は言っていた。ところがその晩、店を閉めシャッターを下ろし、もう寝ようかと思っていた頃に、店の前でものすごい音がしたんだ」

大隅が店の前に立つと、シャッターは凹み、拳大ほどの石が落ちていた。

「証拠があるわけではないが、やったのは隆文だと思っている」

これまでに心を開いた女性が二人いるという遠藤の証言を大隅に伝えた。

「それがうちの家内だという可能性は一二〇パーセントありません。買い物をして帰宅しようとすると、偶然なのかあるいは尾行されたのか、家内は隆文とよく会ったようだ。その時の目が子供とは思えないような鋭い視線で怖いとよくこぼしていた」

遠藤の姿を見かけなくなったのは、それから一年くらいしてからのことらしい。

「なんでも学校で同じような問題を起こしたって聞いたけど、詳しい話は知らないんだ」

遠藤隆文が大隅夫婦からケーキをめぐんでもらって食っていた頃、日本はバブル景気の全盛だった。そんな時代に空腹を抱えていた子供がいたこと自体清子には驚きだった。遠藤は大隅夫婦の好意も素直に受け入れられずに、逆に憎悪をたぎらせていったのかもしれない。

遠藤が通っていた小学校は神社からそれほど遠くはなかった。当時の遠藤を担任していた教師はすでに退職していた。対応に当たった校長は、本人の了承を得られれば自宅を教えると、退職した教師に連絡を取った。元担任教師の森本は小宮が被害者の遺族だとわかると、会うことを承諾してくれた。

森本は東京都町田市のＪＲ横浜線成瀬駅に近い新興住宅地の一軒家に住んでいた。年齢的には清子より五、六歳年上といった印象だった。

予め電話で聞きたいことを伝えておいた。森本は教育現場一筋で、校長にも教頭にもなることなく一教師として教壇に立ちつづけ、定年退職をした。

「教え子の中から殺人者を出してしまったのは、私たち教育者の努力が足りなかったからだと思います。ご長女のことは本当に申し訳なく思います。慰めの言葉もありません」

森本は座卓に額がつくほど深々と頭を下げた。

「頭を上げてください。森本さんが責任を感じることなんてありません。今日おうかがいしたのは、電話でも話した通り、遠藤の子供の頃の話を聞きたくておじゃましました」

　森本が担任となったのは遠藤が小学校五年生の時だった。しかし、遠藤はほとんど登校してこなかった。

「実質的には半年付き合ったかどうかくらいでした」

「家庭訪問はなさったのでしょうか」

「小学校五年生の生徒が学校に来ないなんてあってはならないことで、毎日とはいきませんでしたが多い時には週に二、三回は遠藤の家に足を運びました」

「どんな家庭でしたか。養子にもらわれてきたようですが」

「養父とは一度も会っていません。いつ訪ねていっても不在だった。養母も血のつながりはあったのでしょうが、あの養母ならすぐにでも児童養護施設に入れた方が彼のためになると思うくらいでした」

　養母は森本にまで酒を買う金をせびったり、意味不明のことを話しかけたりしてきたようだ。

「アルコールだけではなく薬物もやっていたような雰囲気でした」

　隆文と実子の三人にもろくな食事が与えられず、アルコールや薬物が切れるといちばん弱い隆文に暴力が集中したらしい。実子の三人はすでに中学生で、親の手には負えない存在になっていた。

　実子三人が家を出ると、暴力はさらにひどくなり、身の置き場のない隆文は、養母の虐待から逃れ空腹を満たすために万引きを頻繁に繰り返すようになった。

「法廷で隆文は私の時計がなくなり、自分ではないのに犯人に仕立てられ、人間が信じられなくなったと証言したようですが、本当なんですか。私は事実関係についてマスコミ関係者から何度も取材を受けました」

「本当です。そう証言をしていました」

「時計どころか、隆文が登校してきた日は必ずと言っていいほど遺失物の届けが生徒から出てきました。登校といっても、給食を食べるために教室に入ってきたんです。鉛筆とか消しゴム、下敷きとかそれほど高価なものではなかったのですが、生徒たちは遠藤の仕業だと皆感じていました。時計は教室の机の中に入れておいたものがなくなり、誰か拾ったら机の中に戻しておいてほしいと言っただけで、隆文を犯人だと決めつけ、吊るしあげたことなどありませんでした。生徒たちは隆文だと思っていたに違いありませんが……」

「遠藤の弁護人は依頼人の言う通りに法廷で主張するので、事実でないことがあたかも事実であるかのごとく裁判ではまかり通っています。遺族としては耐えがたい思いをしています」

「他の生徒の消しゴムが何かの弾みで隆文のズボンのポケットからこぼれ落ちて、それを見つけた生徒たちが一斉に追及を始めました。その間に入って、事情を隆文から聞きましたが、悪びれる様子はなく平然と拾ったとウソをつく始末で、ウソをつくことに罪悪感はなかった。ウソが母親の激しい虐待から自分を守る術で、日常化していたのでしょう」

遠藤は今も死刑を免れるために法廷でウソの証言を重ねている。小学生だった頃のように、ウソをつき通せば極刑から逃げられるとでも思っているのだろうか。遠藤は逮捕されるまで、ずっとウソで塗り固めたような人生を送ってきたのだろう。

「時計はともかく生徒の所持品が盗まれるだけではなく、隆文は脅して奪うようなこともあり、養母からも注意してもらうという名目で家庭を訪問したこともあります。養母はもう心を病んでいるとしか思えない状態で、家庭訪問を終えて私が玄関を一歩出た瞬間に、隆文を殴り出しました。慌てて戻って止めに入りましたが、結局、その後暴力をふるわれたようです。そんなこともあり私は養護施設への入所を児童相談所に持ち込みました」

養母とはいえ母親がいるという理由で入所には時間がかかったようだが、森本の度重なる訴えにようやく行政が動き、養護施設への入所が認められた。

「入所できたのはよかったのですが、そこでも盗癖が問題になり、数ヶ月で教護院へ移送されてしまったのです」

　遠藤隆文の育った環境は殺伐としていて、確かに家庭と呼べるものではなかった。しかし、大隅菓子店のオーナー、それに元担任の森本も遠藤にはやさしいまなざしで接していた。隆文の周囲にいたすべての人が敵意に満ちていたわけではない。

　小宮清子は遠藤が収容されたI学園の当時の関係者からも話を聞きたいと思った。不良性のある児童を対象とした矯正施設だと清子は思っていた。すでに夏休みに入っているが、施設には生徒の姿が見られた。

　当時、遠藤隆文を担当した金村が、現在は園長として勤務していることがわかった。

「覚えていますよ、遠藤隆文のことは。小学校六年生の後半から中学を卒業するまでここにいましたから」

　金村が言った。

　金村の説明によると平成九年の児童福祉法改正により平成十年四月から教護院は「児童自立支援施設」へ名前が変更され、現在では家庭環境その他の環境上の理由により生活指導を要する児童も対象とし、そうした児童の自立を支援することを目的とする施設になった。

「教護院と聞くと、少年院と同じ施設を想像する方がほとんどだと思いますが、ここに入所している児童の自由が法律で制約されているということはありません。施設に高い塀があるわけでもないし、厳しい監視体制が敷かれているわけでもありません。子供たちにはもちろん無断外出は禁止していますが、たとえ施設から外に出たからといって警察に届けても、普通の家出と扱いはまったく同じです」

児童相談所の判定結果、入所するのが適当と判断された十八歳未満の児童で、保護者、本人が同意した上で入所することになる。また家庭裁判所の審判によって送致決定を受けて入ってくるケースもある。児童養護施設などの施設から変更入園してくる児童もあり、遠藤はこのケースにあたる。

「養護施設には親からの虐待や育児放棄で入園する児童はたくさんいますが、不良性のある児童というわけではありません。隆文の場合、養母からの虐待から解放されてそこで自由に暮らせるはずでしたが、やはり普通の家庭的な躾というものが一切なく、他の児童との関係もうまくいかずにこちらに入所してきたんです」

児童養護施設では十分な食事も与えられるし、すべてが平等に供与される。しかし、隆文はほしいものがあれば他人のものでも強引に奪うか、盗みを繰り返した。養護施設より教護院で生活指導をした方が適当と判断され、転院してきた。

「こちらに来た時の遠藤はどんなふうでしたか」

施設内には数棟の家が建てられ、家には寮母が付き、数人の児童がその家で暮らす。

また同じ敷地内には小、中学校が設けられ児童数の少ない学校のように複式学級で授業が進められる。

朝起きると、生徒は給食センターから朝食を受け取り、自分たちが寝起きをしている家に運び、そこで寮母と食事をしてから学校に向かい授業を受ける。

放課後はクラブ活動などをして家に戻り学習したり、テレビを見たりする。一部屋に一人ないし二人で生活し、就寝時間が決まっている他はほとんど普通の家庭と同じような生活する。そうしながら児童は生活ルールを身につけていくのだ。

「養護施設では養育能力がない家庭の児童や、何らかの事情で施設に頼らざるを得ない児童が生活しています。しかし、当学園には問題を抱えている児童が入ってくるため、隆文も当初はしょっちゅうトラブルを起こしていました」

遠藤はここでも他人の物を盗んだり奪ったりしていたようだ。しかし、年齢的には隆文よりも上の児童も多く、どちらかといえば小柄だった遠藤はそうした年上の目を気にしていたという。

「最初のうちは年上の生徒から注意を受けていました。あまりにも度が過ぎると、ケガをするほどではありませんが、兄弟喧嘩程度の争いはありました。注意する方も同じような境遇の児童で、立ち直っている先輩児童がうまく隆文を導いてくれていました」

金村の記憶に残る遠藤は手に負えない子供という印象ではなかった。隆文以上に手を煩わせた児童が多数いたのだろう。

「年上のいうことは素直に聞いたし、男性職員と接する時は、いつもビクビクしていた」

粗暴だった遠藤も次第に施設の生活に慣れていったようだ。

入所したばかりの頃の遠藤は、掃除にしても片付けにしても、やったことがなく何をやらせても粗雑だった。食事の片付けなどはいくら注意しても食器はテーブルに置きっぱなし。栄養バランスを考えた給食は口に合わないのか手を出さない。腹を空かせると同室の児童が親から差し入れられたスナック菓子やカップラーメンをこっそり盗んで食っていた。

しかし、寮母から「これを食べなさい」と出されたものを食べるようになった。寮母の言うことには比較的素直に従った。

「母親の愛情を知らないせいか、寮母にいつもくっついて離れなかった」

施設に入ってくる子供たちには共通点があるという。体の不調を女性の教師や寮母にしきりに訴えてくる。

「本当はたいしたことがないのに、額に手を当てて熱があるかどうかを見てほしくて言ってくる。男の子も女の子も頻繁に言ってくる。頭が痛い、喉が痛い、体がだるい、絆創膏一枚でもほしいと言ってきます。ここではオーバーなくらいに心配してあげる。頭が痛いと嘘をついているなとわかっていても、つき返すようなことはしない。その場で対応するようにしています。普通なら少しくらい傷ついていても、それを癒してくれる家庭がある。ここの子供は、その家庭で傷ついているからです」

金村には忘れられない隆文との思い出があった。

普段、教師は生徒と一緒に教室で昼食を食べるが、その日は来客で金村は教室で食事することはできなかった。教室に戻ろうとすると、職員室のドアを蹴る音がした。そんなことをするのは遠藤だけだった。開けて注意しようとすると、トレイに載った給食を両手で抱えて遠藤が立っていた。

「ありがとう」

金村は遠藤に礼を言った。

トレイを机に置き、金村が食事をする間、遠藤はずっと付きっきりで食事が終わるのを待っていた。食べ終わると食器をトレイに戻し、また教室に戻っていった。

〈隆文のおかげで昼食を食べることができた。ホントにありがとう〉

「礼を言った時の隆文の喜びようはなかった。あの笑顔と四人の生命を奪った遠藤と正直に言うと結びつかないのです」

金村の記憶に残る隆文の思い出は決して悪いものではなかった。

清子は金村に法廷での遠藤の証言を伝えた。

「特に慕っていた寮母さんはいるのでしょうか」

児童の多くは家庭的にも問題を抱えている。職員と特定の児童が密接な関係になるのを避けるために、一年ごとに寮母を変えるシステムになっていた。

「隆文が心開いた寮母……？　どの寮母に対しても甘えていたし、孤独な子供だったことに間違いはないのですが、特にこの寮母にはということもなかったように記憶しています」

結局、重い足取りで帰宅するはめになった。野生の狼の中で成長したような遠藤が心を許した女性を見つけられなかった。果たしてそんな女性がいるのか疑わしいと清子は感じた。


いつもせわしなく瞼を開いたり閉じたりしている神経質な流川弁護士だが、この日はいつもと様子が違っていた。自信に満ちた表情で、前に座った遠藤にも笑みを見せながら、小声で何かを話していた。流川は最初に吉崎に質問することになっていた。何故なのか吉崎本人だけではなく、鈴木弁護士までも緊張しているように、清子には見えた。

鈴木弁護士はネクタイの結び目が気になるのか、何度も締め直していた。

２００△年４月24日　東京高裁法廷

流川　以前にも聞いたことですが、石川孝太郎殺害について、念のためにもう一度質問します。まずあなたに「押さえろ」と命令したのは誰ですか。
吉崎　遠藤です。
流川　前回の質問の時には、その命令に従って石川孝太郎さんをあなたは背後から羽交い絞めにしたということですが、その点についてはどうですか。
吉崎　その通りです。
流川　遠藤はホルダーからサバイバルナイフを抜いて、その後どうしたのですか。
吉崎　こっちに近づいてきました。
流川　こっちというのは？
吉崎　石川さんの方に接近してきました。
流川　その後、どうなったんですか。
吉崎　遠藤が石川さんの左脇腹にナイフを突き刺しました。
流川　そうですか。ここからが最も重要な質問になるので、よく思い出しながら答えてください。八王子支部の法廷での証言も、石川さんの正面に遠藤被告が立ったということでしたが、それに間違いはありませんか。

吉崎　間違いありません。
流川　正面に立った遠藤はどうしたのですか。
吉崎　石川さんの胸倉を掴んで、ナイフを刺したんです。
流川　サバイバルナイフからは遠藤の左手五指の指紋がすべて検出されています。つまり遠藤は左手でナイフを握り、右手は石川さんの胸倉を掴んでいたことになりますが、間違いありませんか。
吉崎　はい。
流川　そうであるならば、二人の位置関係からナイフは石川さんの腹部に突き刺さるはずですが、実際には左脇腹に刺さっていました。どうしてですか。
吉崎　後ろから羽交い絞めにしていましたが、恐怖で石川さんが暴れて身をよじったためです。
流川　身をよじったというのはどういうことですか。
吉崎　体を反転させて、羽交い絞めを外そうとしたのだと思います。
流川　その時、あなたはどうしたのですか。
吉崎　……。
流川　あなたは手を緩めなかったのですか。
吉崎　……。

裁判長　弁護人の質問に答えてください。あなたは手を緩めたのですか。
吉崎　緩めませんでした。
流川　あなたは逃れようとする石川さんを背後から羽交い絞めにしたままだったんですね。その時必死に逃れようとして、石川さんは体を反転させようとした。それで間違いありませんか。
吉崎　はい。
流川　その時、遠藤はどうしていたのでしょうか。やはりナイフを握り、石川さんの胸倉を掴んでいたのでしょうか。
吉崎　そうです。
流川　ナイフの握り方には順手、つまりハンマーグリップという握り方と、逆手に持つリバースグリップがあるようですが、遠藤被告はハンマーグリップだったのですか。
吉崎　はい。
流川　刺す時もハンマーグリップだったのですか。
吉崎　そうです。
流川　揉み合っている時にリバースグリップに持ち変えるようなことはなかったのでしょうか。
吉崎　なかったと思います。

流川　石川さんが体を反転させた時、遠藤は右手で胸倉を掴み、左手に持ったナイフで石川さんの左脇腹を突き刺した。こういうことですね。
吉崎　はい。
流川　遠藤の右手は最後まで小宮さんの胸倉を掴んだままでしたか。
吉崎　はっきりとは覚えていませんが、そうだったと思う……。

流川はつづいて遠藤への質問も行った。

流川　あなたは中村がサバイバルナイフを持っていたのを知っていましたか。
遠藤　親分の佐野からもらったと吹聴していたからわかっていた。
流川　それが車のコンソールボックスにしまわれていることはどうですか。
遠藤　中村はカツアゲの時によく使っていたから、それも知っていたよ。
流川　相模湖に向かって走っている時、後部座席に座った吉崎からナイフを取ってくれと頼まれますね。
遠藤　ああ。
流川　その時、格下の吉崎に詰られたと証言していますが、なぜ詰られたのですか。
遠藤　俺がナイフを落としたからだ。
流川　ボックスから取り出して、ナイフを後部座席に渡すだけなのに、なぜ落としたんですか。急カーブしたとか、車が揺れたとか。
遠藤　そんなことはねえよ。
流川　それなのにあなたはナイフを落としてしまった。

流川は裁判長に向かって、「ここで被告人に証拠を提示します」と一枚の書類と一通の意見書を提示した。裁判官や鈴木、本田の二人の弁護士も書類をめくった。
流川　これは先日行った握力検査の結果と診断書です。これによるとあなたの右手の握力四八・五キログラム、左手は十五・三キログラムです。右手は普通ですが、左手は小学校三年生程度の握力しかありません。どうしてですか。
遠藤　どうしてって聞かれても、それしかねえからそうなったんだろうよ。
流川　診断書によると左手首の正中神経の一部断裂による影響と書かれています。これはどういうことですか。
遠藤　わからねえよ。
裁判長　被告人は質問にまじめに答えなさい。
流川　では質問の方法を変えましょう。あなたはリストカットをしたり、ナイフで手首を切ったりして自殺しようとしたことはありますか。
遠藤　あるよ。

流川　何回くらい自殺しようと試みたんですか。
遠藤　三、四回くらいは深く切って死んじまおうと思った。リストカットは何回したか、覚えちゃいねえよ。
流川　自殺未遂あるいはリストカットですが、相模湖事件、つまり石川孝太郎と小宮静代殺害の後にしたことはありますか。
遠藤　新聞やテレビで中村、吉崎が逮捕されたことを知りもう逃げ切れないと思って、死んじまおうと思ってカミソリで切ったけどよ、自分じゃやっぱり死ねなかった。
流川　病院に行ったのですか。
遠藤　行くわけねえだろう。パクられに行くようなものだ。
流川　傷口はそれほど深くなかったのですか。
遠藤　ああ、死ぬだけの度胸がねえんだよ。
流川　事件後のリストカットはその一回だけですか。
遠藤　ああ。
流川　それ以外のリストカットはすべて事件の前にやったことですね。
遠藤　ああ。

さらに流川は警察庁の元指紋鑑識官が作成した意見書を提出し、その一部が朗読された。

「遠藤隆文被告のハンマーグリップ式の握り方を示す左手の指紋は、サバイバルナイフのグリップに、その他の指紋より鮮明に残されている。柄には石川孝太郎の血が多く付着し、出血の多さを如実に示している。

ハンマーグリップ状の遠藤被告の指紋は、それが鮮明であるが故に、本件の犯行態様と一致すると考えにくい。刺殺の場合、最大限の握力で握って突き刺すのが通常で、手は返り血を浴び、より深く突き刺そうとすれば、指紋はずれた形状で残されるのが自然である。まして石川孝太郎の腹部に残されていたサバイバルナイフには大量の血が付着し、犯行当時、犯人の左手にも大量の返り血がかかっていると見るのが自然だ。なおさら指紋はずれる可能性が高くなる。

しかし、犯行に用いられたサバイバルナイフには、遠藤隆文被告の左手五指の指紋が、ハンマーグリップ状に比較的鮮明に残されている。これは柄に血が付着している状態の上から握ったと考える方がより自然だ。ハンマーグリップで深く刺しこむには、握力、腕力が強く、一撃で小腸に達するまで刺さなければ、サバイバルナイフに残されたような指紋形状にはなりにくいと推認できる。十五・三キログラムの握力で被害者の腹部に突き刺すのは極めて困難と推定できる。またグリップ上部にも遠藤被告の左手掌紋が鮮明に残されていた。これはサバイバルナイフを水平方向に力を加えたのではなく、上下に、つまり上から下に力を加えたものと考える方が合理的である」
流川弁護士が証拠として提出した遠藤の握力測定結果と診断書、意見書の影響は大きかった。新聞やテレビは再びこの事件を取り上げ、石川孝太郎にナイフを突き刺した犯人が、遠藤被告ではない可能性も出てきたと報じた。サバイバルナイフからは、中村、吉崎、そして遠藤の三人が握った形跡を示す指紋はいくつも検出されているのだ。

左手の握力が九歳男児の平均程度しかない遠藤に、果たして柄のところまで一撃で食い込ませるほどの力があるのか。吉崎の証言する通りであれば、遠藤の右手は最後まで石川孝太郎の胸倉を掴んでいたことになる。九歳の男子が左手一本で大腸を貫き、小腸にまで達するほどサバイバルナイフを深々と脇腹に刺したことになる。常識的にはありえない。

高裁で遠藤の死刑が回避される可能性も出てきたとまで書いた新聞もあった。

一審で死刑判決を受けた遠藤は死刑回避に向けて必死なのだろう。しかし、握力が弱いことなど遠藤自身はわかっていたはずなのに、それを何故控訴審で持ち出してきたのか、小宮清子にはまったく理解できなかった。

同じような疑問を抱いた新聞記者もいたようで、流川弁護士にこの点を問い質していた。

「一審段階では被告と確固たる信頼関係が築けなかったという私自身の資質の問題もあると思いますが、やはり裁判に対する遠藤被告の意識が深まり、自分が正当な判決を受け、さらに被害者のためにも事実を明らかにしなければならないと考えるようになったことが大きいと思います」

流川はこう答えていた。

遠藤のハンマーグリップ状の左手指紋は謎が深まるばかりだった。次の法廷でも、遠藤への質問が行われた。一審判決では、遠藤の指紋は石川孝太郎刺殺の有力な証拠と認定されたが、控訴審ではその証拠に疑問が投げかけられた。

静代を暴力で犯し、車から降りて暴行現場に戻ろうとすると、石川が刺され崩れ落ちて行く姿を見たとする遠藤の証言に信憑性が出てきた。

マスコミが注目したのは、遠藤が強姦罪についても無罪を主張した点だ。「車の後部座席には戻ったが、小宮静代をレイプしていない」と言いだしたのだ。「失神している女を抱く趣味は俺にはねえよ」と遠藤は流川に伝えたという。実際、小宮静代の体内から遠藤の体液は検出されていない。

一審で強姦罪について否認しなかったのは、「女とやれなかった」と中村や吉崎に思われることは男の恥と考えていたからだという。

「一審判決には大きな事実誤認がある」

流川はこの二点を取り上げ、石川孝太郎に対する殺人罪の適用は誤りで傷害あるいは傷害致死、強姦罪については無罪を主張した。
一方、吉崎、中村の証言に大きな矛盾点はない。遠藤の主張する通り、本当は中村が孝太郎を刺していたとしても、吉崎には嘘の証言をしなければならない理由はない。しかし遠藤が刺したという吉崎、中村証言の信頼性が大きく揺らぎ始めた。

２００△年5月24日　東京高裁法廷

流川　前回に引き続き、石川孝太郎さん殺害について質問します。以前に聞いたことと重複しますが、よく思い出してください。中村が車から降りた後、あなたは車に乗り込みましたが、何故ですか。
遠藤　俺もやりたかったんだよ、女とセックスが。
流川　あなたも静代さんに性的暴行を加えましたね。
遠藤　俺は何もしていねえよ。
流川　静代さんに暴行せずに車から降りたということですか。どうしてですか。
遠藤　女は失神しているし、服もビリビリに破られている。その気にならなかったんだよ。
流川　しかし、あなたは取り調べの時も一審段階でも静代さんへの暴行を認めています。何故ですか。
遠藤　やったって言っておかなきゃ男としてカッコがつかねえからよ。それで適当に答えただけで、俺は抱いちゃいねえよ。
流川　それで車から出てきたわけですね。その時、石川さんはどうしていたんですか。
遠藤　吉崎の両手から滑り落ちるようにして石川が地面に倒れていくところだった。
流川　中村はどうしていましたか。
遠藤　返り血を浴びてシャツを真っ赤にして、俺にガンを飛ばしてきたよ。
流川　何故ガンを飛ばしてきたんですか。
遠藤　石川を刺して兄貴としての仕事はしたぜっていう気分だったんじゃねえのか。
　このやりとりを聞いていて、中村が突然、声を張り上げた。
「でたらめだ。嘘を言うな」
　裁判長が「静かにしなさい」と中村に注意を与えた。
　流川が遠藤への質問を続けた。
流川　最後に聞きます。サバイバルナイフにはあなたの左手の指紋がはっきりと残されています。中村が刺したというのに、どうしてあなたの指紋が残されていたのですか。
遠藤　サバイバルナイフに残っていた指紋は俺のものだけじゃねえだろ。

裁判長　被告人は弁護人の質問に答えるように。
流川　何故あなたの指紋が残されていたんですか。
遠藤　近づいたら石川はピクリとも動かなかった。あんなナイフを残したままにしておけば、すぐに足がつくと思ったから抜こうとしたんだよ。
流川　遠藤被告への質問を終わります。

つづいて本田弁護士が中村を証人台に立たせた。本田弁護士は相変わらず折り目のないズボンにヨレヨレのジャケットを着ている。中村はこれまでと同じ主張を繰り返した。本田弁護士もそれを確認する程度の質問だった。それで十分という自信があるのだろう。あるいは中村の弁護にそれほど熱心でないのかもしれない。吉崎は自白段階から刺したのは遠藤と一貫して主張している。それにサバイバルナイフに残されたハンマーグリップで握った遠藤の指紋は、石川刺殺の決定的な証拠になると考えているのだろう。

遠藤は証拠を残してはまずいと判断し、ナイフを抜こうとしたと証言しているが、それなら何故抜き取らなかったのか。本気でナイフを抜き取る必要があると考えたのなら、両手を使うこともできたし、吉崎にやらせることも可能だった。ナイフをそのままにしておけば指紋が残り、自分が疑われるのは明白だ。遠藤の証言には信憑性がないと裁判官も判断すると思っているのだろう。
　さらに浜中検事も遠藤を追及した。
浜中　あなたの左手握力の件で質問します。九歳児くらいしかないという測定結果ですが、真剣にやったのですか。
遠藤　ああ。
浜中　弱いのは生まれつきですか。
遠藤　握力なんて測ったのは生まれて初めだから、そんなことわからねえよ。
浜中　診断書によると、自殺未遂やリストカットによる正中神経の一部断裂が原因と記されていますが、自殺未遂をした後、弱くなったという自覚もなかったのですね。
遠藤　モノを握ってもよく落とすことがあった。
浜中　では、事件後のリストカットはどのくらい深く切ったのですか。
遠藤　だからもう逃げきれねえし、死んだ方がましだと思って切ったんだよ。
浜中　もう一度同じ質問をします。本気で死ぬつもりだったんですか。
遠藤　だからそうだって言ってるじゃねえか。ザックリ手首を切ったんだよ。
浜中　どうやって治療したんだ。
遠藤　包帯を強く巻き止血して治したんだよ。何度も同じことすりゃいくらバカでも治し方くらいはわかるんだよ。

流川弁護士の主張に対して、浜中検事は遠藤の握力低下は、事件後の自殺未遂の影響による可能性が大きいことを引き出そうとした。しかし、遠藤は浜中の質問の意図をくみ取って答え、うまく回避した。異常な暴力そして乱暴、粗雑な言葉使いといい十分な教育を受けていないのは想像できるし、社会性も感じられない。しかしその印象とは違って遠藤の知能指数は高いと清子は思った。

――自殺を試みたが手首の傷は包帯を巻いておけば治る程度の深さだった。握力低下は事件の前から顕著だった。

遠藤はそう主張したいのだ。

石川孝太郎を刺殺したのはいったい誰なのか。遠藤は否認を続け、残りの二人は遠藤が刺したと主張する展開は一審と変わらなかった。

流川弁護人は、法廷で遠藤の左手の握力は九歳の男子程度しかないと測定記録を明らかにし、自殺未遂、リストカットによる正中神経断裂が原因だという診断書を提出してきた。サバイバルナイフに残されていた遠藤の左手五本指の指紋は、確かにハンマーグリップの形状を示している。しかし、遠藤が実際に刺したとする証拠としては不自然とする元指紋鑑識官の意見書も出された。

これらの証拠を裁判所がどのように判断するかによって、遠藤の控訴審判決に大きく影響するだろう。

新たな証拠の提出は、遠藤が刺した事実に疑問が投げかけられ、それは同時に中村への疑惑が深まったことを意味する。それを中村は敏感に感じ取ったようだ。

中村は遠藤が証言する最中に異変をきたした。上半身を前後に大きく揺らし始め、遠藤が証言しているにもかかわらず、「ウソをつくんじゃねえーぞ」と何度も怒鳴り出した。

裁判長は「静かにしていなさい」とその度に注意を与えた。

それに腹を立てた中村は、突然、体の動きを止め「ウッセーよ、テメーは。ウゼエんだよ」と裁判長に悪態をついた。

裁判官三人は表情を変えた。本田弁護人が慌てた様子で言った。

「被告人の両親は相次いで亡くなり、本人も精神的に動揺して……」

その言葉を遮り裁判長が言った。

「今度同じことをすれば退廷を命じます」

石川孝太郎にサバイバルナイフを突き刺したのが中村と認定されてしまえば、控訴審では中村本人が死刑判決を受ける可能性が出てくる。死刑の恐怖、父親の病死、母親の自殺が間違いなく中村を精神的窮地に追い込んでいる。

遠藤は動揺する中村をチラッと横目で見た。片方の唇の端がつり上がり、冷たく微笑んでいるように清子には見えた。遠藤は何かを確実に企んでいる。

しかし、いずれ真実が暴露される。

九　キャバクラ嬢

遠藤、中村の二人のうちどちらがサバイバルナイフを石川孝太郎に刺したのか。マスコミも騒ぎ始めた。鳴島と頼近の二人は何度もマスコミに登場し、石川孝太郎を殺害したのは遠藤被告ではないとしきりに訴えるようになった。犯人は遠藤以外の可能性も出てきたとマスコミも書いた。中には東京拘置所に収監されている遠藤に面会し、その様子をレポートする記事もあった。そのどれもが遠藤の主張をそのまま活字にした。

元指紋鑑識官の意見書、握力検査の結果と診断書、そして静代の体内から遠藤の体液が検出されていない事実は、遠藤の主張を正当化した。唯一A紙の三瓶記者だけがこれらの事実は、遠藤以外の被告が石川刺殺に関与した可能性を示唆しているが、遠藤の犯行の可能性までを否定するものではないと書いた。理由はグリップからは三人の指紋が検出されている点を挙げていた。もう一点は遠藤の証言には一貫性がなく信憑性にも疑問を投げかけていた。

一方、吉崎は終始一貫して、遠藤に命じられて孝太郎を背後から羽交い絞めにし、遠藤がサバイバルナイフを突き刺したと証言している。

遠藤、中村の食い違う主張をしり目に、鈴木弁護士は吉崎が最も格下で、精神的にも未発達であることを法廷で強調した。

２００△年６月10日　東京高裁法廷

鈴木　少年院では何を学びましたか。
吉崎　ワープロとかそれに中学生の国語、数学、社会科とかです。
鈴木　義務教育をやり直していたんですね。
吉崎　他人と比較して年齢は同じでも僕は小学校六年くらいのまでの学力しかない。
鈴木　出院後はどんな生活をしていましたか。
吉崎　ホストクラブの未集金回収の仕事とかパチンコをして生活していました。
鈴木　そこで遠藤や中村と知り合った訳ですね。
吉崎　友達ができるみたいな感じで簡単に受け入れられた。
鈴木　そして佐野↓中村↓遠藤↓あなたという序列ができたわけですね。
吉崎　兄貴分っていうか、杯を交わした順に序列ができてしまいました。
鈴木　あなたには三人はどのように見えましたか。
吉崎　佐野さんはしっかりしていて、思いやりがあって頼りがいのある人。中村は気弱で内向的な性格、何でこの人が兄貴なのかと思った。遠藤は不満があっても兄貴分の中村に当たることができないから、僕にしか何も言えなくていつも命令口調だった。中村とは逆の性格で、とにかくすぐに暴力をふるった。序列から見ても僕は中村や遠藤に逆らえる立場ではありません。

鈴木　遠藤がカツアゲしてきた金を分けたりしていましたか。

吉崎　割合がどうなっていたかはわらないけど、いつも二人で分けていた。僕がもらったことはありません。カツアゲについていては中村や遠藤から、ついてこいと言われカツアゲに協力したことはあるが、僕自身は単独ではやらなかった。

吉崎は小学校六年生程度の学力しかないと主張するが、責任を回避する技には長けている。自分はヤクザとしての序列はいちばん格下だということを強調していた。しかし、刑法については十分な知識があるように小宮清子には感じられた。

鈴木弁護士と十分な打ち合わせができていることをうかがわせる。鈴木弁護士の戦略も功を奏しているのだろう。東京地裁八王子支部の法廷から吉崎もその戦略に沿って、一貫して命令される立場にあったと主張している。

吉崎の両親はどこにいるのかも不明で、両親は当てにならないと鈴木弁護士が判断したのか、八王子地裁では姉の亜由美に情状酌量を求める証言をさせている。それも有利に働いたようだ。

２００×年１月25日　東京地裁八王子支部

鈴木　家族構成を教えてください。
亜由美　七人きょうだいで、私は上から三番目二女で、誠は四番目二男です。
鈴木　ご両親は？
亜由美　父は家にはほとんどいませんでした。借金の問題があり、両親は離婚しています。生活は母が水商売をしていましたが、私もそれから姉、兄も中学を卒業すると同時に家を出て働きはじめました。
鈴木　誠君やその下の妹や弟の世話をお母さん一人でやっていたわけですね。
亜由美　私が家を出てすぐに母は男を作って家出をしてしまいました。
鈴木　残された家族は誰が面倒をみたのですか。
亜由美　姉も長男も家を出てどこにいるのかわからない状態です。それで私が誠の世話をして、他の弟や妹は施設の方でお世話になっていました。
鈴木　誠君はどんな弟ですか。
亜由美　母がいなくなった頃から傷害事件を起こして、警察に引き取りに何度か私が呼ばれて行きました。
鈴木　事件はいつ知りましたか。

亜由美　警察の方が来て、誠の居所を知らないかと聞かれました。その時に知りました。
鈴木　どう思いましたか。
亜由美　事件の内容を知り、ショックでした。信じられなかった。ホントはやさしい弟なんです。
鈴木　やさしいというのは具体的にいうとどういうことですか。
亜由美　自分はさほど金も持っていないのに弟や妹にお菓子を買ってやることがよくありました。
鈴木　逮捕される前に弟から連絡はありましたか。
亜由美　一度電話が入りました。藤原勉リンチ事件は殺人には関係していないと言っていました。早く警察に出頭するように言いました。
鈴木　佐野が暴力団組員だということは知っていましたか。
亜由美　警察から聞かされました。
鈴木　弟さんにはどんな気持ちを抱いていますか。
亜由美　誠を非難するような手紙を書けば追い詰めるような気もするし、逆にかばってしまえば、被害者やその家族に申し訳がなくて……。ホントの気持ちはやさしい言葉をかけてやりたい。

中村の両親、吉崎の姉が証言する時は、遠藤は身じろぎもせず、傍聴席に視線を送ることもなく証言に耳を傾けていた。遠藤は怒りと憎悪に満ちた顔をしていたのを、小宮清子は鮮明に記憶している。

遠藤には情状酌量を求めて証言台に立つ家族は誰一人としていなかった。流川もそうした血縁者を見出すことはできなかったのだろう。

吉崎亜由美はいくら弟のしたこととはいえ、弁護費用の負担に辟易していた。新宿歌舞伎町の「ラブリー・ムーン」というキャバクラで西城キララという源氏名で働いているが、以前のようには稼げなくなってきていた。

弟の誠が逮捕された。それまでは昼間からパチンコに入り浸っている誠をうまく利用して収入を上げていた。キララを指名した客の中で金ヅルになりそうな男と同伴出勤をした。

セックスに付き合うような素振りを見せながら飲食費を使わせるだけ使わせる。しかし相手の客もキララにその気がないとわかると、指名を外し違うキャバ嬢を指名するか、他のキャバクラに通いだす。

その頃合いを見計らって、キララはホテルで一晩付き合う。その後が誠の出番だ。

誠は小野寺組の組員になったと亜由美に自慢していた。小野寺組組員を名乗って、亜由美と一晩を共にした男の会社か、自宅へ乗り込んで行くのだ。

「よくも俺の女に手を出してくれたな」

この一言で、ほとんどの男が言われるがまま「慰謝料」を誠に払った。奪った金は誠と折半していた。

亜由美の収入はそれだけではない。ホストクラブと組んで、新人のキャバ嬢をホストクラブに誘い出した。支払いは割り勘でということにしてホストクラブに飲みに行くが、勘定はすべてそのキャバ嬢に払わせた。

その支払いが滞ると、請求を誠にやらせた。ホストクラブはその二割を誠にギャラとして支払った。歌舞伎町は亜由美にとっても誠にとっても、居心地のいい街だった。この世界でしか二人は生きられなかった。

キャバ嬢にもアフターファイブがあって、明け方午前三時くらいから彼女たちの息抜きの時間が始まる。二十四時間営業のカラオケもあれば、午前八時くらいまで営業している居酒屋も珍しくない。指名客が多く、売り上げのいいキャバ嬢になると、週に一、二度はホストクラブに通う。亜由美も以前はそうだった。一晩に百万円くらい使ってしまう時もあった。しかし、誠が逮捕されてからはその回数は減った。せいぜい新人キャバ嬢から誘われて行く程度だ。支払いを新人キャバ嬢がもってくれるからだ。

入店したばかりのサヤカが、西城キララが新宿のホストクラブ事情に詳しいと聞いたらしく、話しかけてきた。

「キララさん、『ティア・ドロップ』っていうホストクラブ知ってますか」

元ホストの桜井一聖が立ち上げたクラブで、イケメンを集めているという評判を耳にしていた。キララが何も答えていないのに、サヤカが言った。

「あたし、まだ一度もホストクラブに行ったことないの。キララさんと一緒なら安心、連れて行ってくれませんか」

サヤカと話をするのはそれが最初だった。

「別にいいけど……」

「じゃあ、明日行きませんか。お勘定の方は私にもたせてください」


翌日、「ラブリー・ムーン」閉店後、二人は「ティア・ドロップ」に向かった。ホスト時代の桜井を知っていた。何度か指名したのを覚えている。

クラブは新宿区役所通りに面したビルの五階にあった。店内に入ると、顔見知りのホストが出迎えてくれた。ホストもキララを覚えていて、「キララさんお久しぶりです」と挨拶してきた。

テーブルに案内しようとするホストを制してキララが言った。

「店長を呼んで」

笑みを浮かべながら桜井がやってきた。

「久しぶりっす」

「自分のクラブ開けたんだって。おめでとう」

「うれしいっすよ、キララさんが来てくれるなんて」

「新人が紹介してっていうからさ。あんたのところだったら安心して飲めると思って」

こう言いながらサヤカを紹介した。桜井は二人をボックス席に案内し、「ゆっくり楽しんでいってください」と言うと、席を離れマネージャーの耳元で何かを囁いていた。

その直後から、ホストが二人ずつやってきて、二十分程度ソファに座り、次のホストと交替した。

「今日は私の顔で指名料はいらないから、次からは気に入ったホストを指名してやればいい」

キララの言葉にサヤカがうれしそうにうなずいた。サヤカは隣に座ったホストと夢中になって早速話し込んでいた。

その晩、キララの隣に外国人のホストが座った。ホストクラブでずいぶん遊んできたが、外国人のホストを見るのは、キララも初めてだった。

「あんた、日本語話せるの？」

「もちろん話せます」

ホストはフェルナンドと名乗った。

国籍はブラジルだが、幼い頃両親に連れられて、一家で日本に出稼ぎにやってきた。愛知県で育ち、ポルトガル語ももちろん話すが、日本で義務教育を受けていた。父親が日系三世で、母親がイタリア系ブラジル人、彫りの深いあまいマスクをしていた。

その晩、キララにも五人のホストがついたが、キララが最も気にいったのはフェルナンドだった。

「ティア・ドロップ」には二時間ほどいて店を出た。

意外だったのは、翌日の夜フェルナンドが「ラブリー・ムーン」にやってきて、キララを指名したことだ。

「昨晩はご来店ありがとうございました」

フェルナンドはキララが隣に座ると同時に言った。客として来ているのに、フェルナンドはホストとしてキララに接した。「ラブリー・ムーン」は時間制で、ホストクラブの飲食費と比較すれば、ゼロが一つ少ない。キャバ嬢は指名がかからなければ、それほど給与は高くならない。それに長引く不況でホステスもキャバ嬢も飽和状態、経営者からすれば交代要員はいくらでもいる。キララにとってフェルナンドは稼がせてくれるいい客になりそうだ。

「一度、食事でもご一緒させてもらえませんか」

三十分ほど飲んだところでフェルナンドが誘ってきた。

「指名してくれるなら、付き合ってもいいわ」

キララはキャバ嬢という立場を忘れ、高飛車に出た。

「もちろんそうさせてもらいますよ」

お互いの携帯電話番号とメールアドレスを交換すると、フェルナンドは「ティア・ドロップ」に出勤するという。

会計を頼むと、精算書がテーブルに置かれた。四万三千円だった。フェルナンドは胸のポケットから財布を取り出した。帯がしたままの札束が入っていた。帯を千切るとその中から五枚引き抜いた。それをキララは受け取った。

それから三日連続でフェルナンドは「ラブリー・ムーン」にやってきて、キララを指名した。会計の時、キララはフェルナンドに気づかれないように財布に一瞬目をやった。いつも百万円の束が入っていた。

四日目、キララは同伴出勤にフェルナンドを付き合わせた。さらに二回、「ラブリー・ムーン」がはねた後、寿司屋で食事をした。キララと会う時はいつも百万円が入っていた。勘定はカードではなく、常にキャッシュで支払っていた。

「いつも付き合ってもらっているばかりだからさ、今度はフェルナンドの店に私が行ってあげるよ」

「ぜひお願いします。席には私に着かせてくださいね。支払いの方は私に持たせてください」

フェルナンドが恋人におごるような口調で言った。キララは訝るような表情をして見せた。

「エッ?」

「心から好きになった女性に支払いをさせるわけにはいきません」

キララは一瞬呆気に取られた。キャバ嬢とホストの恋など嘘の塊で、金のむしり合いでしかないのはキララもよくわかっていた。

「私はホストをしていますが、将来は小さくてもいいから貿易雑貨商を経営したくて資金を貯めています。もし差し支えなければ、真剣なお付き合いを考えていただけないでしょうか」

「それってさ、将来結婚してほしいっていうこと……」

「もしキララさんに特定の恋人がいないのであれば、恋人として付き合ってもらうわけにはいかないでしょうか」

　フェルナンドは恋愛マニュアル本に絶対出てきそうにもない口説き文句を、照れる様子もなく言ってきた。それまではブランド品を餌に一晩付き合えというセリフくらいしか言われたことがなかった。キララにはそれがかえって新鮮に感じられた。

「わかったわ」

　まんざらでもなさそうな表情をして見せた。しかし、フェルナンドの言葉を真に受けたわけではない。金回りは良さそうだ。フェルナンドからどれくらい貢がせることができるか。キララはそんなことを思っていた。

　フェルナンドの気持ちを確かめようと、「ラブリー・ムーン」の閉店後、キララは一人で「ティア・ドロップ」を訪れた。フェルナンドを指名する客は何人もいたが、桜井が間に入り他のホストを回し、フェルナンドは朝までキララのテーブルにつきっきりで離れなかった。

　支払いの計算書がキララのテーブルに置かれると、フェルナンドは小声で言った。

「まさかここで私が支払うわけにはいかないので、キララさんにサインしてもらってよろしいですか。後でわからないように私が支払いを済ませておきます」

「サインすればいいのね」

「ええ」

キララは「西城キララ」と小学生のような文字を記した。キャッシュを取りに来た新人ホストに、フェルナンドはキララに聞こえるように言った。

「これは私が責任を持ちます」

そう言うとフェルナンドは「すぐに戻ります」と席を立ち、着替えを済ませて出てきた。

店を出ると二人は新宿駅に向かって歩いた。早朝の歌舞伎町を歩いているカップルの多くはホストとその客だ。

「もう少し私と一緒にいてくれませんか」フェルナンドがすがるような声で言った。

「いいわよ」

キララは同意した。

タクシーを止め、歌舞伎町からはそれほど遠くないホテル・パークハイアット東京に向かって走らせた。高層ビルの三十九階から五十二階が客室で、フロントロビーは四十一階にあり、一般のホテルとはまったく異なっていて、チェックインもチェックアウトも列ができるようなことはない。

フェルナンドはキララと手をつなぎながらフロントの前に立ち、英語で自分の名前を告げた。フロントも英語で答えた。クラブにいる時に予約を入れたのだろう。

「フェルナンド様、お待ちしていました。パークビューのお部屋を今日から二泊ということでうかがっていますが、それで間違いありませんか」

朝七時のチェックインにもかかわらずフロントの対応にはそつがない。

フェルナンドには日本人の面影はなく、ポルトガル語、スペイン語、英語、そして日本語と四ヶ国語が話せるらしい。

「そうです。それと彼女がフィットネスクラブのインフォーメーションをほしがっているのでパンフレットがあればください」

英語で頼むと、パンフレットが彼女に差し出された。

部屋は四十九階で六〇平米ほどの広さがあった。

「フェルナンドって、すごいじゃん。英語もペラペラなのね」

「貿易の仕事をするためには英語は必要だから」

眼下に雲が広がっていた。雲の切れ間から新宿御苑の新緑が朝日に照らされてより一層緑を際立たせていた。部屋に入ると、キララは甘えるように両手をフェルナンドの首に絡みつかせた。

フェルナンドがキララを抱きあげ、ベッドルームに運び、そのままベッドに放り投げた。ベッドの上でキララは二、三度跳ねた。

キララはからみ取るような視線でフェルナンドを見つめた。フェルナンドが衣服を脱ぎ捨て覆いかぶさるようにしてキララに体を重ね唇を吸った。ブラウスの上からキララのバストをそっと触った。

「ちょっと待って」

キララは体を起こし、自らすべての衣服を脱ぐと、今度は上になりフェルナンドを組伏せた。豊かな胸がフェルナンドの顔に当たる。自分では美人とは思っていないが、バストの形のよさと大きいことには自信がある。フェルナンドを挑発するように乳房を頬から口へと這わせる。乳首をフェルナンドの口に押し当てた。

「これから君のためにもっと頑張るよ。ついてきてくれるかい」

「ねえ、それってプロポーズなの……」

フェルナンドは答えずに、乳首を含み舌の上で転がした。キララの声はかすかに震えた。キララはフェルナンドの下腹部をまさぐった。

「ガイジンのっていいのよね」

それからチェックアウトするまで、食事はすべてルームサービスで済ませ、起きてはセックス、そして眠る。目が覚めればセックス。そんな二日間を二人は過ごした。

十　風俗嬢

キララは金の心配がなくホストクラブで遊べることがわかると、一週間に一、二度のペースで「ティア・ドロップ」に通った。フェルナンドはキララに惚れ込み、思い通りになる。

ホテルで過ごして以来、フェルナンドは目黒にある自分のマンションのスペアキーまでもキララに渡した。休みの日はフェルナンドのマンションで二人だけで過ごした。ホストをしながら貯めた預金残高一千三百万円の通帳もテレビボードの見やすい位置に無造作に置きっぱなしにしてある。印鑑は銀行の貸金庫に預けてあるらしいが、キャッシュカードは通帳にはさみ、暗証番号も通帳の表紙に記してある。

「貿易雑貨商を開業するための資金を貯めているんです」

フェルナンドがうれしそうに言った。土曜日の夜から二人で過ごし、日曜日の夕方は二人で映画を観たり食事をしたりして過ごした。

通帳の預金残高を見て、キララはホストクラブの遊興費だけではなく、金銭を貢がせることも可能だと思った。映画を観終わり、表参道にあるバルバッコアというブラジル食のレストランで食事をしている時、表参道ヒルズを歩きたいとキララは言ってみた。ブランド品をねだるつもりだった。

　キララは駄々をこねる子供のように高級ブランド品をねだった。しかし、フェルナンドは何一つとしてキララの欲しがるものを買わなかった。キララは次第に不機嫌になっていった。フェルナンドが聞いた。

「欲しいものはそれだけですか」

「だって何も買ってくれないのに言ってもムダじゃん」

「私がいつ買わないと言いましたか？」

　キララは面喰らってポカンとした表情を浮かべた。

「どういうことよ」

「表参道では買いません」

　フェルナンドが意味ありげに笑った。

「貿易雑貨商を二人でやるために、あなたにもニューヨークやロスを見てほしいんです。ゴールデンウィークを過ぎれば観光客も少なくなり、落ち着いて見て回ることができます。若い日本人女性の感覚で、どんなモノを輸入すれば儲かるか意見を聞かせてほしいし、ニューヨークの五番街にはブランドの店が並んでいます。そこで買えばいいでしょう」

　キララは満面の笑みを浮かべた。

「パスポートを持っていますか」

「持ってないし、海外なんか行ったこともない」

「ではすぐに作ってください」

キララは遠足に行く子供のようにはしゃいだ。

表参道で食事をしてから三日後、「ティア・ドロップ」に飲みにいった。キララの席に座るのはフェルナンドと決まっていた。

「今日さ、パスポートの申請用紙をもらってきて、旅券用の写真を撮影してもらったよ。明日、申請に行くつもり」

「パスポートができたら、すぐにチケットを手配します」

翌朝、旅券申請に行くために、キララは一時間ほど飲んだだけで帰宅した。

次の日午前二時過ぎ、かなり酔って「ティア・ドロップ」に入った。新人ホストがキララを案内し、テーブルに着かせた。

「フェルナンドはまだ来ていないの？」

「今日はまだ姿を見ていませんが、もうすぐ来られると思います」

フェルナンドの携帯に電話してみたが、留守電に設定されていた。新人ホストを相手に一時間ほど飲んでいたが、フェルナンドがいつまで待ってもこないのにしびれを切らして店を出ようとした。

その日は桜井が計算書を持って、テーブルにやってきた。キララは金額を確かめようともせずに、サインをしてソファから立ち上がった。

「すみません。お話があります」桜井が言った。いつもとはまったく違って、市役所の戸籍係のような口調だ。

「なに？」

「実は飲食費の件です」

「飲食費がどうしたの」煩わしそうな顔で答えた。

「フェルナンドが信頼しているお客様だということで、サインだけで楽しんでいただいてきましたが、今回で合計金額は三百万円を超えました。そろそろお支払いしていただきたいのですが……」

「だってそれはフェルナンドが支払うという約束で、私はこの店にきてやっているのに、今さらそんなことを言われても困るわ。支払いはフェルナンドに催促してよ」

「キララさんがフェルナンドとどんな約束をしていたかは当店としては関知していません。とにかくこの飲食費は早急に払ってくださいね」

桜井はこれまでの飲食費の請求書のコピーを持って来させた。すべてに西城キララのサインが記されている。

「いまここで支払えとは言いませんが、一週間以内にはお願いしますよ」

「フェルナンドがいくらか払っているでしょう」

「いいえ、まったく支払われていません」

「フェルナンドを呼んでよ。そうすればわかる話だから」

「彼は昨日で店を辞めています」

キララには事態がすぐにのみ込めなかった。

「フェルナンドがくれば、すべてが解決することよ。焦るなって、三百万円くらいのはした金で。一週間以内に払わせるよ」

事情を説明しようとするキララを遮って桜井が言った。

「水商売の世界が長いようだからご存じだと思いますが、集金を専門に扱っている会社もあります。そちらに委託するようなことはしたくありませんのでよろしくお願いします」

桜井からサイン入りの計算書のコピー、振込先銀行と口座番号を記したメモを手渡された。

集金をする会社というのは、取り立てをするヤクザのことだ。キララはコピーを握りしめながらまさかと思った。血相を変えてタクシーに乗り込んだ。目黒にあるフェルナンドのマンションに向かった。

部屋に入ると、いつものままで何も変わっていない。キララは少し安心した。歌舞伎町で生きてきた自分がホストごときにだまされるはずがない。テレビの横にはいつものように通帳が置いてある。通帳を開くと千三百万円の預金残高になっていた。通帳にはカードも挟んである。通帳とカードを持ってフェルナンドの部屋を出た。

フェルナンドの通帳から三百万円を下ろし、桜井に叩きつけてやろうと思った。自分のマンションに帰り、一睡もせずに銀行が開くのと同時にATMにカードを入れた。カードで一日に引き出せる限度額を二百万円に設定してあるとフェルナンドが言っていた。しかし、残高不足でカードが吐き出されてきてしまう。残高照会をすると残金は百万円しかなかった。残りの千二百万円はすでに引き下ろされていた。

とりあえず百万円を引き出し、バッグに捻じりいれ、銀行前からタクシーでフェルナンドのマンションに急いだ。部屋に入ろうと鍵穴にキーを差し込もうとしたが入らない。よく見るとシリンダーが交換されていた。部屋に入って通帳とカードを持ち出したのはわずか五時間前だ。キララは自分でも青ざめていくのがわかった。

桜井に電話を入れた。

「フェルナンドがいないのよ。どこに行ったか知ってるでしょう」

金切り声を上げた。

「なんでもニューヨークへ行くようなことを言っていましたよ。それより溜まった飲食費の支払いをよろしくお願いしますよ。まだ仕事を残しているので電話を切らしてもらいます」

桜井は電話を切ってしまった。

キララはいったい何が起きているのかまったく理解できなかった。フェルナンドの携帯電話は解約されているのか、番号をお確かめの上かけ直してくださいというメッセージが流れてくる。

正午、いつもならシャワーを浴び、ベッドに横になる時間だ。携帯電話がなった。キララはすぐに出た。

「振り込んでいただけましたか」

桜井の声が響いてきた。

「まだよ。これから寝るところ。こんな時間にかけて来ないでよ」

「銀行は三時で閉まるので、寝るのは振り込んだ後にしてくれますか」

キララは何も答えずに電話を切ってしまった。

桜井は執拗だった。午後三時ちょうどに桜井から電話が入った。キララはすぐに留守電モードに切り替えた。

「三百万円を払ってください。三百万円を払ってください……」

桜井は四、五回同じ言葉を連呼して電話を切った。

フェルナンドの行方を知っていそうなホストに電話をして聞いてみたが、知る者はいなかった。夜九時、不安と怒りでほとんど寝ていない状態だった。キララは「ラブリー・ムーン」に出勤した。苛立ちが弾けて客に八つ当たりしそうだ。

化粧室で念入りに化粧をしているとフロアマネージャーの呼ぶ声がした。

「キララさん、指名が入りました」

気を取り直してフロアに向かった。

「いらっしゃいませ……」

指名客は桜井だった。桜井の横にはサヤカが座っていた。サヤカも指名されたのだろう。キララは凍りついたように立ちつくし席に着くことができなかった。フロアマネージャーが「キララさん、お願いします」と小声で座るように促した。

仕方なく桜井の横に座り、「何になさいますか」と聞いた。

「水でいいです」

桜井はミネラルウォーターを自分でコップに注ぎ、飲み干すと言った。

「いつ払ってくれるっすか」

桜井の話しぶりはいつもの口調に戻っていた。

「急に言われてもあんな大金すぐには払えない」

「明日また電話するっす。その時にははっきりさせてくださいよ」

桜井はそう告げると支払いを済ませ「ラブリー・ムーン」を出ていった。

それからというもの毎日午前九時と午後三時に桜井から電話が入り、支払いを催促するメッセージが残されていた。

夜の九時になると毎晩「ティア・ドロップ」のホストが「ラブリー・ムーン」に姿を見せた。桜井と同じように西城キララを指名し、一時間ほどネチネチと飲食費を払えと催促し、支払いをキャッシュですませて帰っていった。こんなことが一週間もつづいた。

それでもキララは一銭も振り込まなかった。二週目になってもホストは店に来たが、今度はキララ以外のキャバ嬢を指名し、キララが「ティア・ドロップ」の飲食代三百万円を踏み倒そうとしていると吹聴してから帰っていった。

キャバ嬢も指名客を取るために厳しい競争を強いられている。キララの客を取れれば自分の指名料も増える。キララの悪口をホストと一緒に飲みながら並べ立てた。この事実が店長や店のオーナーに伝わるのも時間の問題だ。

追い打ちをかけるように内容証明書が「ラブリー・ムーン」西城キララ宛てで届いた。三百万円の飲食費を一ヶ月以内に支払わなければ、裁判所に提訴するという内容だった。キララは完全に追い詰められた。

内容証明書が届いたその日の夜、桜井の携帯電話にキララはふてくされた声で電話を入れた。

「一度に全額を払うのは無理だけど、三回くらいに分けて払います。その相談にのってくれますか」

「では、今日の夜、うちの店に来てください」

その晩のキララは酒に酔い、目は吊り上がり異様な雰囲気だった。「ティア・ドロップ」に入ると同時に大声で怒鳴った。

「店長はいるか。払えばいいんだろう、払えば」

店内にはすでに多くの客がいた。ほとんどの客が侮蔑のまなざしでキララを見つめている。

〈大した稼ぎもないのに分不相応な遊び方をしたバカな女〉

ホストクラブは女の見栄で成り立っているような商売だ。自分が惚れたホストをクラブ内では金で自由にできる。そのホストに他の客よりちやほやしてほしければその分高い金を払うことになる。それが楽しくてホストクラブに足を運ぶのだ。

桜井が入口に行くと、キララは再び大声をはり上げた。

「金のことでガタガタ言うなよ」

キララは男まさりの口調で言い放った。

「ではいただきましょう」

キララはバッグから封筒を取り出した。

「百万円入っている。確かめてみろよ」

桜井は封筒を新人ホストに渡し、確認するように指示した。

「確かに百万円あります」

それを聞いて桜井が言った。

「あと二百万円不足していますが……」

「だから電話で言っただろう。三回に分けろってよ」

「では残りも早急にお願いします」

桜井は目で新人ホストに合図すると、新人ホストはキララの背中を突き飛ばすようにして店の外に出した。

結局、キララは「ラブリー・ムーン」を追われるようにして辞めた。飛び抜けた美人というわけでもない。新宿の店をクビになったキャバ嬢が同じ新宿で働くためには、格下の店で働くしかない。

キャバクラとは名ばかり、薄暗い店内で、性的サービスまでするような風俗店くらいしかなくなる。六本木、銀座で働けるほどキララは知的でもない。あとは渋谷か錦糸町あたりのキャバクラ店に移るしかない。

キララが移った店は、渋谷の「ミント」という若いサラリーマン向けのキャバクラだった。そこでは西城聖耶と名乗った。

どこで聞きつけたのか桜井はホスト三人を連れて「ミント」にまでやってきた。

桜井の顔を見たとたんに体をすくませた。胃液が喉までこみ上げてきた。

「そんな顔をしないで、水割りくらい作ってくれよ」

テーブルに着くと、グラスに氷を入れ、ウィスキーを注いだ。グラスを桜井に突き出すと言った。

「必ず払いますから、こういうことはもう止めてくれませんか」

「俺たちは自分の金を払って飲みにきているだけっすよ。止めるも何もないっすから」

桜井は周囲を見渡した。連れてきたホストは他のキャバ嬢と飲みながら、キララがホストクラブのツケの支払いを済ませていないことをばらしている。さらにホストたちは仲間の銀行口座の金がキララによって引き下ろされたと吹聴した。キャバ嬢たちが桜井とキララに視線を送りながら、ひそひそと話している。冷やかな笑みを浮かべているキャバ嬢もいた。嘲笑の視線をキララは感じた。

「こんなことされるとこの店でも働けなくなり、例の金払えなくなりますよ」

キララは居直るような口ぶりだ。

「それなら裁判するからいいっす」

桜井は水割りを口に運びながら言った。

「残りのツケを払ってくれるまで、どこの店に行っても飲みにくるっすよ。明日の朝までにいつ払うかはっきりと日時を約束してくれなければ、明日弁護士に裁判所に書類を提出するように頼むっす」

これだけ言うと、桜井は他のホストに目で合図を送り、「ミント」を出て行った。

短期間で金を作るには風俗しかない。

翌朝午前九時、キララは桜井の携帯に電話を入れた。

「『ミント』もクビになりました。もう少し待ってください。必ず払います」

こう言って電話を切った。

三日後にもう一度、キララは桜井に電話した。

「川崎堀之内で働くからさ、もう店に来ないでよ。ホントに返すから」

以前の口調でキララが言った。

「それって訴訟も止めろっていうことっすか」

「ソープで働くから、三ヶ月以内に全額払える。だから裁判なんて止めて」

訴訟沙汰にはしたくなかった。弟の誠のみじめな姿をキララは傍聴席から見ていた。

桜井に法廷で金を返せなどと言われたくない。

「わかった。でも念のために店の名前だけは教えてくれよ。条件は三ヶ月以内に全額返済。一ヶ月後に何の返済もなければ、そのまま裁判を起こすよ。それでいいっすか」

「わかったわよ。店の名前は〈キャビンアテンダント〉。これでいいでしょ。文句ねえだろ」

キララは電話を切った。

キララが短期間で二百万円を作るにはソープランドで体を売るしかない。しかし、働き始めて一ヶ月もしないで目黒警察の刑事に取り囲まれた。

「吉崎亜由美さんですね」

「はい」と答えたが、弟の誠のことでまた取り調べられるのだろうと思った。

しかし、刑事は書類を取り出し亜由美に見せながら言った。

「逮捕状が出ています」

窃盗容疑だった。

「窃盗容疑？」

フェルナンドの口座から百万円が引き出され、それが窃盗罪にあたると刑事が容疑を告げた。

「冗談じゃないわ。被害者はこっちだよ」

亜由美はそれまでの経緯を説明しようとした。しかし、女性刑事が亜由美の前に立ち、亜由美の両腕に手錠をかけた。

十一　殺人者からの手紙

働きながら定時制高校で勉強した方がいいというI学園関係者のアドバイスを無視して、遠藤は一般社会に飛び出していった。建設会社に就職したものの一ヶ月で辞めている。その後は土木作業員などをしながら食いつないでいたようだが、その一年後には窃盗と道路交通法違反で逮捕。K少年院に送致され、六ヶ月をそこで送っている。

小宮清子は昔放送された永山則夫のドキュメント番組を思い出していた。永山則夫の生い立ちを丹念に取材し、これでもかというほど貧困を強調していた。しかし、その映像よりも清子の心に残ったのは同級生の投げかけた一言だった。

「貧しい人間がすべて犯罪者になるわけではない。則夫はあまえている」

その通りだと清子は思った。貧しさが非行の原因だなどというのは詭弁でしかない。

遠藤は極貧どころかI学園では普通の生活をしていた。少なくとも衣食住は保障されていたではないか。学校もあり、本当の家庭のようにはいかないまでも職員は献身的に遠藤の健全な成長を期待していた。東京地裁八王子支部では学ぶ機会を奪われたと主張していたが、事実ではない。奪われたのではなく放棄したのだ。放棄したのは遠藤自身だ。

貧しい暮らしから抜け出したければ、働きながら定時制高校に通えばいいではないか。清子にはその機会すらなかった。ただひたすら愚直に働き続けて、現在の生活を手に入れたのだ。静代だって中学生の時に父親を亡くしている。父親が生きていれば、大学に進んだかもしれない。しかし、そのことに一言も不満を漏らさずに自分の進路を懸命に探した。必死に生きようとする静代のすべてを遠藤たちが奪ったのだ。

なにもかもが満たされた環境の下に生まれてくる人間が、世の中にどれくらいいるというのか。皆どこかに枯渇感や満たされない思いを抱えて生きている。不遇に耐えて誰もが自分の夢を実現するために努力している。生きるというのはそういうことだろうと清子は思っている。他人の夢を壊しても自分の未来が拓けるわけではない。

遠藤の生い立ちを知るに連れて、同情するどころか憎悪は膨れ上がる一方だった。

K少年院での生活も想像がつく。

収容されていた少年についての情報は一切語ることはできないとけんもほろろの対応だった。それでも清子が三多摩連続殺人事件の犠牲者遺族だとわかると、小金井院長がわざわざ応対してくれた。

「プライバシーだの、やれ人権だへちまだのといろいろやかましくなってきて、自由に話ができなくなってしまって……、それで期待には沿えないと思いますが、私の権限の許す範囲でお答えさせていただきます」

小金井院長は遠藤の記録を手にしながら、院長室で清子を迎えた。清子はソファに腰を下ろし、訪問の理由を告げた。

小金井の説明によれば、遠藤は一度も院内で記録に残るようなトラブルを起こしてはいない。教護院で四年近くも生活していれば、矯正施設でどのようにふるまえばいいかおよその察しはつく。遠藤はK少年院でも、問題を起こすことなくただ六ヶ月が過ぎ去るのをじっと待っていたのだろう。

「記録からうかがえるのは、教官には従順だったようですが、なかなかうちとけずに心を開くようなことはなかったようです。しかし、二ヶ月目に入る頃から、ここでの生活にも馴染んできて職業訓練、板金技術の修得に興味を示し、関連書籍もよく読むようになり、積極的に学んでいたと記されています。出院間際には二度と反社会的な行為をしないと内省を深めていたとあります」

清子はこれ以上の長居は無用だと思った。遠藤はK少年院を出た直後から再び犯罪に手を染め、薬物に手を出し、住居不法侵入、銃刀法違反で一年後には逮捕されている。「内省を深めていた」などというのは、職員が十六歳の遠藤に手玉に取られていた証拠だ。無駄だと思ったが最後に一つだけ遠藤が心を開いた女性がいたのかどうか、それを確かめた。

「女性職員もいますが、特にそうした女性がいたという記録はありません」

清子がK少年院にいた時間は二十分にも満たないものだった。これが矯正教育の現実なのだろう。ひねくれ切った遠藤の性格を半年で直すなど所詮無理な話なのだ。矯正どころかこうした施設を経験する度に、遠藤の犯罪傾向は強まり、狡猾になっていった。そして犯罪に手を染めれば逮捕され、自由が奪われる生活が待っているとわかっていても遠藤は自分を制御できなくなってしまった。そうとしか清子には思えなかった。

実際一年後には今度はT少年院に収容され、二年間の矯正教育を受けている。

T少年院には長期処遇の少年たちが収容されている。KもTも少年院は外界と遮断されている。職員の中に遠藤が信頼を寄せる女性がいなければ、探している女性は少年院関係者ではない。

T少年院も申し合わせたようにK少年院と同じ対応だった。片倉院長も遠藤の記録を記したノートを手にしていた。片倉院長も遠藤が更生に向けて努力していた様子を語るつもりなのだろう。遠藤が努力していたと語ることは、T少年院の矯正教育がうまくいっていると言っているにすぎない。

〈出院後のこと、将来のことを真剣に考えている様子が見られる。板金関連の本と同時に、T文庫から本を貸し出してもらい、休憩時間、休日は読書に当てている〉

「T文庫というのは当施設内に設けられた図書館で、ここから借りた本を読んでいたようです」

「どんな本を遠藤は読んでいたのかわかりますか」

「そこまでの記録はありません。図書館といっても中学や高校の図書館のようにはいかず、これからの自立に必要な技術を学ぶ本が主体になっています。覚せい剤使用でこの施設に収容されている者が多いので覚せい剤関連の書籍もたくさんあります。あとは篤志家から寄付された書籍がほとんどです」

片倉院長の説明では、遠藤はT文庫の本を乱読していたようだ。

矯正施設の関係者が遠藤は手に負えず、更生しないまま社会に出してしまったなどと言うはずがない。しかし、実態は更生したふりをすれば、少年院から解放される。一日も早く出院したいと考えれば、彼らもなりふりかまわず従順にふるまい反省したふりをするのは当然のなりゆきだ。少年院で強がって教官にたてついたところで収容期間が伸びるだけだ。

遠藤は少年院に収容される度に警察や検事、家裁の裁判官との接し方を覚えていったのだろう。法廷で「だまされた検事を知っている」と証言していた。それは遠藤自身が検事を欺いてきたということを白状しているようなものだ。未成年が検事をだませるはずがないと思っていたが、矯正施設の関係者と会っているうちに、それが間違いであることを思い知らされた。

片倉院長の説明を適当に聞き流し、清子は尋ねた。

「遠藤はこれまでに心を開いた女性は二人だけと法廷で証言しています。一人は支援者の女性とわかっていますが、もう一人については証言を拒否し、明かしていません。その一人がT少年院のスタッフの中にいた可能性もあると思うのですが……」

「どこの施設でもそうですが、収容者との密接な関係は避けるように全職員が心がけていますから、それはあり得ないと思います」

片倉は決まり切った文句を並べた。

「少年院の少年にかかわる外部の女性保護司とかかっているのでしょうか」

「女性教師とか一般の見学者がたまにいますが、継続的にこの施設に出入りする方というのは基本的にはいません。しかし、遠藤は院内の態度もよく、出院する三ヶ月前から一般社会に慣れてもらうという意味合いで、ボランティアで老人ホームを訪ねています」

「老人ホームですか」

清子の声に思わず力がこもった。

片倉が一度は閉じたノートを開いた。

「そうですね。一ヶ月に二度ほど出院間際まで老人ホームで介護の手伝いをしています」

「差し支えなければその老人ホームを教えてもらえますか」

片倉は一瞬躊躇する表情を浮かべたが、T少年院を出た一年後、遠藤が殺人を犯しているという事実に多少は引け目を感じているのだろう。

「情報はここから聞いたということではなく、出院した者から聞いたということでお願いします」

清子はそれを了承した。遠藤がボランティアで訪れていたのは、八王子特養老人ホーム高尾苑だった。T少年院からは車でなら二十分足らずの距離だ。

高尾苑は高尾街道から少し入った高尾山の麓にあった。周囲は絵の具のチューブからひねり出したような緑で、車から降りるとセミの鳴き声が聞こえてきた。山の裾野に建てられた施設で涼しい風が流れてくる。三階建てで一階の玄関を入ると、吹き抜けで日差しはロビーの隅々まで届き明るく感じられる。

ロビーの中央にはソファが置かれ、そこに座りながら話をする老人もいれば、車椅子に乗ったままの老人もいた。玄関横にある受付でT少年院のボランティア活動について話を聞きたいと告げると、受付の若い女性は怪訝な表情を浮かべ、「少しお待ちください」と言って、上司のところに走っていった。

間もなく四十代の男性が名刺を一枚手にして受付にやってきた。

「ボランティア活動のどのようなことをお知りになりたいのでしょうか」

清子は差し出された名刺に目をやりながら事務局長の芳賀に来意を説明した。清子は応接室に通された。

「小宮さんのお話だと、遠藤被告がここに来ていたのはもう六、七年前になりますね」

芳賀は記憶を辿りながら言った。

「少年たちの本名は知らないし、私たちも聞きません。ただタカ君と呼ばれた小柄な少年がいたことはなんとなく覚えていますが、タカ君が遠藤隆文かどうかはわかりません」

「タカ君というのはどんな少年だったのでしょうか」

「ボランティアとして派遣されてくるのは更生した少年ばかりです。おとなしくていい子ばかりでしたよ。ホーム内で彼らは自由に話をするのは禁止されていたようですし、私たちも積極的には話しかけませんでした。期間も退所直前の二、三ヶ月です。個人情報だから話せないというのではなく、はっきりこうだったとお答えするだけの材料がないというのが正直なところです」

「ボランティアとこのホームで暮らす女性と特に親しくなっていたとか、その後再びこのホームを訪ねてきた少年はいなかったでしょうか」

「ボランティアといってもトイレとか入浴の介助はやはり専門のスタッフでないと任

せられないし、やってもらったのは室内の清掃の手伝いとか、車椅子を押して散歩に付き合ってもらう程度ですからね。特に親しくなったという話は聞きません。それに六、七年前というと当時ここで暮らしていた方はほとんどなくなっているか、あるいは生きておられてもアルツハイマー症や老人性の痴ほう症で記憶も定かではありません。ですからホームで暮らしていた老人の中に心を開いた方はいたのかもしれませんが、実際にその方を見つけ出すのは無理だと思います。T少年院を出た後、ここに訪ねて来たという少年は、私の知る限りでは皆無です」

「見たところ女性スタッフが多いようですが、職員とボランティアが親しくなる可能性はないのでしょうか」

清子は遠藤が心を開いた女性について説明した。

「確かに多いですが、過酷な労働の割には給与が安くて入れ替わりの激しい職場なんです。当時のことに詳しい女性スタッフが現在もいますので、彼女から聞いてお返事するようにします。それでもよろしいでしょうか」

清子は調べてもらうように芳賀に依頼し、その日は引き上げた。

高尾苑で暮らす年老いた女性に遠藤が心を開くとも思えなかった。もし心を通じ合える女性がいたとすれば、支援者の鳴島や頼近と同じくらいの年齢で、遠藤にとっては母親に思えるくらいの女性だろうと清子は想像した。しかし、数回会っただけでそうした人間関係が築けるとも思えなかった。

一週間が経過した。芳賀から電話が入った。当時のことを知る女性職員が直接話をすると言っている。清子は再び高尾苑を訪ねた。

同じ部屋に通された。芳賀と五十代の女性が待っていた。女性はケアマネージャーの田代だった。

「先日の話をしたところ、もしかしたらというケースがあったので直接田代から話を聞いてもらった方がいいと思い、ご足労願いました」

「芳賀事務局長からお話はうかがいました。タカ君がご長女を殺害した遠藤隆文と同一人物かどうかはわかりません。ただタカ君と親しそうに話をする女性職員がいて、止めなさいと注意したことがありました」

タカ君と呼ばれた少年が遠藤だという確証は何もなかったが、それでも清子は田代の話に耳を傾けた。

「話といっても、こうしたオープンの施設ですから二人だけでコソコソ話をするのは無理ですが、掃除とか車椅子を押してもらうにしても、ボランティアさんと入所者が二人だけになる機会はなくて、必ず職員が付き添います。入所者が普通に話せれば、その人を中心に散歩でも掃除でも進んでいきますが、痴ほう症の入所者だと三人といっても女性スタッフとボランティアの二人だけと同じような状況になってしまうんです」

「タカ君とその女性スタッフが二人だけになったことがあったのですね」

「あったといっても何度もあったというわけではありません。少年院の方からも職員の方が来られていて遠くから監視というか、見ていましたから。一度ホーム内の散歩が十分ほど長引いて部屋に戻ってきたことがありました。そのくらいはよくあります。でも彼女が担当したのは痴ほう症の入所者で、もう帰りたいとか、散歩をもう少ししていたいとか意志表示さえできなくなっていました。その時は注意もしなかったのですが、二度そうしたことが続いたので時間を厳守するように彼女に言いました」

「散歩の時間が伸びた理由について、そのスタッフはどう説明したのでしょうか」

「他の入所者も同じ敷地を回ります。スタッフとタカ君が話に夢中になっている様子は他のスタッフが見て、私の方にも報告が上がってきていました。彼女は悪びれることなくボランティアと話し込んでいたと告白しました」

「どんな内容の話をしていたのでしょうか」

「そこまでは詳しく聞きませんでしたが、いくら更生したとはいえ少年院に収容されている方たちです。職員の名前を相手に知られるのもまずいし、距離を置くように注意し、入所者を中心に仕事をするように言いました」

「その後問題はなかったのでしょうか」

「タカ君はその直後にボランティアには来なくなりました。おそらく出院したのだと思います。女性スタッフの方はそれから半年くらいこのホームで働いていましたが、結局、ホームを去りました」

「どうして彼女は辞めてしまったのですか」

田代に代わって芳賀が答えた。

「体力的にこの仕事に耐えられなかったのでしょう。体調が思わしくないという理由で辞めていきました」

「無理を承知でお願いするのですが、その女性の住所を教えていただけますか。直接会ってお話をぜひ聞いてみたいと思います」

清子は芳賀に頼んだ。

芳賀はその女性スタッフの住所を記したメモを清子に差し出した。

「これは彼女の自宅の住所というより、今、彼女が入院している病院の住所です。多分そうおっしゃると思って住所を教えていいかどうか彼女に聞いてみました。本人は重い病気のために入院中で、病院のスタッフを通じて聞いてもらったら、いつでもいいから訪ねて来てくださいということでした」

「ご病気なんですか」

「どんな病気なのか具体的な病名はおっしゃいませんでした」

住所は横浜市緑区長津田町にある横浜総合S病院、名前は阿部美雪になっていた。

一審の時と同じように控訴審も終盤を迎える頃になると、被告の三人から手紙が届くようになった。情状酌量を求める弁護士の差し金としか清子には思えなかった。

中村から届いた手紙をすぐに開封した。拘置所で検閲された記しに桜の小さな印鑑が押されていた。二枚の便せんに折れ曲がった釘のような文字で書かれていた。

「長い間、謝罪の手紙も送らずに申し訳ないと思っています。今ごろになってなんだとお怒りだと思います。遺族にしてみれば、大切な娘の命を奪った犯人からの手紙など読みたくもないだろうし、さらに怒りを強くし、悲しみも深くなるだけだろうと思って、今まで控えていました。そっとしてあげた方がいいのではないかと思っていました。

でも何もしないでいれば、四人も殺しておいて反省すらしていないと思われるかもしれないと考えて、私の気持ちを少しでも伝えようとこの手紙を書きました。静代さんの命を奪ってしまったことを深くお詫びいたします。

私の罪は許されませんが、精いっぱい被害者の分まで大切に生きて、私のできる限りの償いを生きてしたいと心より願っています。

今はたいしたこともできませんが、毎日、朝と夜に被害者たちのご冥福を心から祈り、読経しています。毎日心をこめて写経もしています。後日送付させていただきます。私に今できる反省、償いのつもりで一生懸命書いています。

少しでも静代さんやご遺族の気持ちに沿えるように、事件については法廷で包み隠さず真実を述べてきました。サバイバルナイフを石川孝太郎さんに刺したのは私ではありません。どうかこの点だけはご理解ください」

怒りよりも呆れ果ててそれ以上読む気がしなかった。「そっとしてあげた方がいい」とは何という言い草なのだ。加害者が言う言葉だろうか。

「精いっぱい被害者の分まで大切に生きて」と一審の時と同じで言いたい放題だ。遺族が静代の分まで生きてほしいと願うはずがない。そんな当たり前の道理が中村にはわかっていない。彼らが言う反省とはこの程度なのだ。あとは遠藤に罪をかぶせるための言い訳が記されているだけだった。

遠藤の手紙も中村の手紙の内容と五十歩百歩だった。

「静代さんが亡くなられてから、今までずっと皆様にどれほどのことをしてきたのか自問し、苦闘する日々でした。本当に申し訳ございません。

私にできることは、皆様にお詫びし、静代さんの御霊が安らかであるように祈ることと、法廷で真実を述べること以外にありません。これからもずっとそうしていきます。皆様から大切な静代さんを奪ってしまい、苦しませ、悲しませ本当に申し訳ありません。

私は人でなしの人生を歩んできました。だから今ここで過去の自分と決別しようと固く決意しました。

己のしでかしたことを思えば、静代さんの分までも精いっぱい生きなくてはいけないと心に言い聞かせてきました。

これからも少しでも皆様の気持ちに沿えるように許された時間を生きたいと思います。許していただけるよう精いっぱい努力しようと決意しました。

皆様の上に神様の御癒しそして御安息がありますように。主イエスキリストの御名によってアーメン」


遠藤には静代を殺したという自覚がないのだろう。そうでなければ「亡くなられた」などと書けるはずがない。被害者遺族の悲しみに思いが至るのなら、どうして「苦闘する日々」などと記すことができるのだろうか。理由は簡単だ。遠藤は反省などしていないからだ。それに手紙の文章は法廷で見せる乱暴な口調ではない。支援者が手紙の書き方を指導しているのだろう。

「真実を述べる」というが、三人の証言は決定的な部分で食い違うどころか、明らかに誰かがウソをついているのだ。サバイバルナイフを刺したのは、一審では遠藤と認定しているにもかかわらず、遠藤は今も否認している。それどころか、孝太郎殺しと強姦罪については無罪だと流川弁護士は主張し、鳴島、頼近も死刑判決は不当だとマスコミにコメントし、各紙がそれを大きく取り上げた。

特に鳴島はA紙に投稿までしている。

「どんな凶悪な罪を犯した者でも、人間は愛によって生まれ変われるのです。三多摩連続殺人事件の被告とされる少年の一人を私は支援しています。一審判決では死刑判決が下りましたが、ここにきて新たな証拠が法廷に提出されました。少年はサバイバルナイフで青年を刺したとされてきましたが、少年は自殺未遂、リストカットを繰り返し、ナイフを握ったとされる左手は小学生程度の握力しかないことが証明されました。

また殺された青年の恋人をレイプしたと言われてきましたが、本人はそれを否認しています。それを裏付ける客観的証拠もあります。死刑判決は事実誤認をしています。だからといって少年がまったくの無罪と主張しているわけではありません。少年が四人の死にかかわっていることはまぎれもない事実です。しかし少年は真摯に反省し、生き直そうとしています。罪を背負い、生涯をかけて償おうとしています」

この投稿文に共感する読者の声が、A紙の読者欄に多数掲載された。

しかし清子は鳴島の投稿に違和感を覚えた。鳴島の投稿には被害者遺族への配慮が何一つされていない。

吉崎の手紙は走り書きのようだった。

「以前より手紙を出さなければと思ってきましたが、気持ちの整理がつきませんでした。

私は祈り続けることが償いなのだと思っています。金銭的なことは何一つできませんがお許しください。私はやっと信仰の中に自分の進むべき道を見つけることができました。

今ごろ遅かったのかもしれませんが、信仰を生きる指針として、生きる糧として、わずかでも罪を償いながら生きていきたいと思っています。静代さんのご冥福を心から祈り申し上げます」

誰一人として死をもって償うと書いてきた者はいない。三人は一様に「反省」を口にしているが、その後は口裏を合わせたかのように「生きて償いたい」といった言葉を書き記している。

手紙はその後もポツリポツリと届いた。手紙の封を開けながら、清子はふと思った。

「誰がここの住所を教えたのだろうか」

拘置所の職員や検察官が教えるはずがない。そうなると弁護士しかいない。弁護士が被害者遺族の住所を依頼人とはいえ、殺人犯に教えることに法的に問題はないのだろうか。

清子は以前相談に訪れた東京弁護士会に電話を入れ尋ねてみた。対応してくれたのは事務局の職員で弁護士ではないが、彼の説明によれば「そうしたことは禁じられているので原則的にはありえません」ということだった。

では誰が？

手紙の文面から支援者の存在が見え隠れする。彼らが住所を教え、被告らに手紙を書かせていると考えれば、手紙の中に見られる宗教的な文章も理解できる。

その想像が誤りではなかったと確信したのは、法廷に支援者が情状酌量を求めて証言台に立った時である。

200△年9月12日　東京高裁法廷

その日もくたびれ果てたスーツ姿で本田弁護士は中村の精神的支柱となっている溝口に証言を求めた。

本田　あなたに子供はいますか。

溝口　十四人います。

本田　自分の子供ですか。

溝口　十二人は血の繋がりがありません。自殺未遂をした人とか、引きこもりとか、薬物依存症、非行から立ち直ろうとしている少年たちを家族として迎えています。

本田　あなたはそういう方たちと一緒に暮らし、自立できるようになるまで共同生活をするということですね。ところで中村との面会はどの程度ですか。
溝口　月に三、四回くらいです。
本田　中村はあなたに手紙を頻繁に出しているようですが。
溝口　月に五、六通はきます。中村は私が面会に来るのを楽しみにするようになりました。彼は私の健康を色々気遣ってくれます。
本田　中村は、被害者に対してどのように思っていると感じていますか。
溝口　大罪を犯したことで、死刑になっても仕方ないと思っています。しかし今は、生きて償いができるように努力したいとも言っています。
本田　彼の今後についてどうなればいいと思っていますか。
溝口　中村が社会に復帰することができて、また中村本人がそう願えば一緒に生活をしたいと思っています。
本田　今後、中村にどう生きてもらいたいですか。
溝口　被害者のことは一生忘れず、償いの人生を送ってほしいと思います。

中村の支援者も生きて償わせたいと証言した。裁判所から情状酌量を引きだすための弁護側の戦略なのだろう。弁護士はともかく支援者までがその戦略に沿って、被害者の遺族に何の配慮もなく証言していることに、清子は驚かされ、怒りを覚えた。
中村本人は溝口が証言している間、落ち着きがなく、傍聴席に視線を向けている。必死に両親の姿を探しているようだ。しかし、両親はすでに死亡している。中村は目を固く閉じたり開いたり、体を前後に大きく揺らしたりするようになった。情緒不安定になっているのは明らかだ。

遠藤を担当する流川弁護士は、二人の証人を呼んだ。

流川　あなたは被告人遠藤と接触を続けておりますね。それはどういう理由からですか。
鳴島　遠藤君を立ち直らせるためで、聖書を教えています。
流川　あなたは遠藤をどのようにして知りましたか。
鳴島　私が所属する教会の会報が定期的に拘置所に送付されていますが、それを読んだ遠藤君から投稿があり、聖書を学びたがっていることを知りました。
流川　遠藤がどのような事件を起こしたのか知っていましたか。
鳴島　当時は事件の内容をまったく知りませんでした。
流川　今までにどのくらいの手紙をやり取りしていますか。
鳴島　昨年一年で五十通ぐらい。

流川　差し入れとかもしているのですか。
鳴島　政治とか経済、キリスト教の本とか。他には犯罪被害者に関するものや、冤罪事件についてのいろんな本です。
流川　傍聴したり面会を続けたりしているのはどういう理由からですか。
鳴島　立ち直りたいという遠藤君の手伝いをしたいと思っています。
流川　それはキリスト教を信仰しているという信念からですか。
鳴島　立ち直りたいという気持ちを感じたからです。
流川　具体的に述べてくれますか。
鳴島　被害者に対して以前の自分ではだめだという本人の真摯な気持ちがあります。
流川　それだけ接していて最近何か変わってきましたか。
鳴島　人の痛みがわかってきています。
流川　それはどういうことですか。
鳴島　私の長男がある事情で自ら命を絶ちました。遠藤君は愛する者を失った人の痛みがわかるようになりました。懸命に私を慰めてくれます。私の方がかえって励まされているくらいです。それに最近は被害者という言葉を出すだけで目が凍ったようになります。私自身、被害者の気持ちを考えると申し訳ないと思うけど、本人が立ち直りたいと言っているので力を貸しています。

流川　今後も遠藤との付き合いは続けていきますか。
鳴島　はい。遠藤君はもう立ち直っていると私は思っています。また本人も努力を重ねています。これからは今まで以上の愛情をかけていきたいと思っています。
流川　一審では石川孝太郎さんにサバイバルナイフを突き刺したのは、遠藤被告だと断定しましたが、遠藤と長い間接してきて、どう思われますか。
鳴島　遠藤君に勉強を教えている頼近さんとも話をするのですが、十分な学校教育を受けていないので、自分の気持ちを十分に表現できないのだと思います。彼の表現では、自分が小宮静代さんのところから戻ってくると、返り血を浴びた中村が立っていて、吉崎の腕から崩れ落ちるようにして石川さんが倒れ込んだと述べていますが、それ以上の表現は彼には無理なのだと思います。
　彼の左手首にはリストカットの痕が残っています。児童自立支援施設にいた頃、好きな女の子ができたようですが、その気持ちを伝えられずに、寮母さんに隠れてリストカットをしていたようです。健全な社会性が遠藤君にはなく、苛立つと自傷行為を繰り返していたのです。サバイバルナイフで刺したのは中村で、僕ではないと面接の度に彼は言っています。信じてほしいと。私は彼のその言葉を信じています。
流川はもう一人中学校の教師で、鳴島と同じ教会に通う頼近にも証言させている。

流川　遠藤にはどのような経緯で会われたのですか。
頼近　鳴島さんからお聞きしました。彼は勉強したがっているということでした。
流川　どのくらい会っていますか。
頼近　毎週一回は必ず面会しています。通算して百回以上は会っています。
流川　当初どのようなことから始まりましたか。
頼近　国語とか算数からです。
流川　学習能力をどのように評価しますか。
頼近　漢字は非常に多く知っていました。記憶力はいい方だと思います。
流川　通常に勉強した子とどう違いますか。
頼近　彼は学校で勉強していません。たとえばこの例文を読んで次の問いに答えなさいという問題にも、文章を読まずに感じたままを答えてきます。例文を読んで答えるという問題自体が理解できていませんでした。学校教育を受けていないと感じました。
流川　現在の彼のコミュニケーション力はどう評価しますか。
頼近　まだまだです。彼がこれまで付き合ってきたのは、暴力団関係者ばかりです。その世界でしか通じない言葉、口調でしか話をすることができないのです。
流川　今回の事件についての反省をどう評価しますか。
頼近　本人はなかなか言葉では表現できませんが、信仰を持って自分のしたことを悔い改めようとしています。
流川　更生の可能性についてはどうでしょうか。彼は変わりましたか。
頼近　社会に出て罪を償わなければならないと思っています。被害者の方のことを一生思い続けながら生きなければならない。そのことに私たちは全力を尽くします。苦しみを背負いながら一生を生きていかなければならない。彼もそうした生き方をすると信じています。

清子は二人の証言を聞きながら、馬鹿げているとしか思えなかった。四人を次々に殺した遠藤が、愛する者を失った人の気持ちがわかるようになったから更生していると、五十代と思われる鳴島が平然と証言している。

自分に生きる資格があるのかと厳しく自分を追及することもなく、生きて償いたいと安易に考えている被告らが、愛する者を奪われた被害者のことを思い、苦しみを背負った一生を送るはずがない。

同じことを浜中検事も感じ取ったのだろう。浜中検事も鳴島を尋問した。
浜中　どういうことから遠藤を支えようという気持ちになられたのですか。それは組織的なことですか。

鳴島　私の家族も全員で遠藤君を支えています。教会が組織として取り組んでいるわけではありません。

浜中　手紙も多数やり取りしているようですが、被害者遺族に対してはこれまでに五回しか遠藤被告は出していません。このことについてどう思いますか。

鳴島　出す方もつらいし、読む方もつらいと思うからです。遺族に対しては、取り返しのつかないことをしてしまった。だから自分に何ができるのかと考えた時、法廷で正直に話すことで気持ちを伝えたいと考えています。少年院に入っても自分を見つめようとしなかった子が、今は反省しています。

浜中　今、出す方もつらいと証言されましたが、遠藤被告が手紙を書くと何故つらいのでしょうか。

鳴島　自分の犯した罪の深さをその度に認識するからだと思います。

浜中　被害者遺族の方たちは極刑を望まれています。そのことについてはどう思われますか。

鳴島　被害者遺族の方はそうだと思います。

浜中　遠藤被告には戸籍上の養父母はいますが、実際には絶縁状態です。被害者遺族に対して誰も謝罪の気持ちを表す身内がいません。支援者として謝罪の気持ちを被害者遺族に伝えたことはあるのでしょうか。

鳴島　謝罪に行ったことはありません。私たち支援者と被害者遺族とではやはり水と油で簡単にわかりあえるものではないと考えています。私たちは被告に愛情を注ぎ、更生させることに全精力を傾けています。

浜中　ご主人と身元引受人になるという話がありますか?

鳴島　はい。

浜中　あなたにも子供がいますね。

鳴島　はい、二人いましたが、二年前に長男が亡くなり、現在は十九歳の二男一人だけです。

浜中　あなたはA新聞のインタビューに答えて、自分の子供が殺されても、犯人を許すと語っていますが、今でもそのお考えに変わりはありませんか。

鳴島　犯人が立ち直ってくれるのであればそう思います。

浜中　犯人を許す気持ちになれるということですか。

鳴島　はい。許したいと思います。罪は憎みますが、罪を犯した人間でも愛があれば立ち直ると信じています。

鳴島はまるで他人事だ。遠藤を自分の子供と思って支援するのは自由だが、浜中検事の「自分の子供が殺されたら」という質問に、「許す」と答えた。まっとうな親の感覚ではないと思った。

立ち直るチャンスはいくらでもあった。それを放棄してきた事実に目をつむり、甘やかし野放しにしてきたから四人もの人間を殺したのではないか。鳴島は自分の子供が実際に殺されない限り、被害者の無念、遺族の怒りは理解できないだろう。

清子はキリスト教にも仏教にも関心がないし、特定の宗教を信仰しているわけでもない。カトリックとプロテスタントの違いもわからない。しかし、支援者の証言やマスコミに掲載された主張を見てわかったのは、彼らは簡単に罪を許していることだ。信仰の世界ではそれが認められているのだろう。

三人の被告は殺人という罪を犯したから法で裁かれているのだ。法の上では彼らの罪は許されないのだ。こんな簡単な道理がどうして支援者にはわからないのか、清子にはそれが不思議だった。

罪科を背負って一生生きていかなければならないと語る一方で、被害者遺族に手紙を書くのは被告にとってつらい行為だという。支援者への手紙を減らしてでも、自分の罪科に向きあいながら被害者に手紙を送りつづけるべきと諭すのが支援者の義務ではないのか。しかし、そんなことは望むべくもないことを清子は思い知った。

鳴島は「支援者と被害者遺族は水と油の関係」と考えているのだ。被害者遺族への配慮など一切ない。こんな人間に道理が通じるはずがない。

鈴木弁護士は吉崎の支援を続けている練馬を証言台に立たせた。
練馬　吉崎君は頑なに心を閉ざしていました。幼い時の母親の愛情が欠如しています。でも事件以後、私たちと交流を続けるうちに大分変わりました。自分自身を見つめ、私たちにも心を開いてくれるようになり素直になりました。事件当時は私自身をも信用していなかったと思います。
鈴木　具体的にどのように変わりましたか。
練馬　私が風邪引いた時などこちらの健康を気遣ってくれる。お母さんと呼ばせてくださいとも言ってきました。
鈴木　あなたもお母さんのように接しているということですか。
練馬　はい。
鈴木　あなたはプロテスタント信者ですか。
練馬　はい。
鈴木　吉崎もプロテスタントですね、どんな話をしますか。
練馬　宗教関係の話はしません。親子としての会話です。
鈴木　事件のことについては。
練馬　謝罪しても到底謝罪しきれない罪だと思っています。

鈴木　彼が仮に社会に復帰できたと仮定し、吉崎は社会生活を送れると思いますか。
練馬　送れます。心の豊かさを学んでいけば大丈夫です。私の子供として一緒に生活したいと言っています。居住先を提供してもいいとも考えています。

吉崎の支援者は出所後の人生を考えている。最も格下だった吉崎自身も死刑判決はあり得ないと高をくくっているようだ。

しかし、この日の吉崎はいつになく殺気立っていた。情状酌量を求める練馬の証言の重大さはわかっているはずだが、吉崎は心ここにあらずで、練馬の証言も上の空といった様子だ。傍聴席に座る一人ひとりに鋭い視線を送り、睨みつけている。

その日の法廷は練馬の証言で閉廷となった。裁判官は退廷し、三人の被告も手錠をかけられ、退廷しようとした瞬間だった。

吉崎は足を止め、再び傍聴席を睨んだ。ほとんどの傍聴者がまだ座ったままだった。

突然怒鳴り声をあげた。

「ふざけんじゃねえぞ、誰だ。姉貴の変な写真や逮捕の新聞記事なんか送ってきやがってよ……」

吉崎の声が法廷内に響き渡った。おそらく裁判官の耳にも届いたはずだ。

清子が声の方を見ると、両脇を刑務官に押さえられて法廷を出る吉崎の姿が見えた。

八王子支部での終盤の法廷と違うのは、中村の両親、吉崎の姉亜由美が証言台に立って情状酌量を求める証言をしなかったことだ。そして中村は情緒不安定に陥り、吉崎も激しく動揺していた。

愛する者を奪われ絶望の淵に被害者家族は立たされている。その絶望には目を向けようともしないで支援者は死刑囚に希望を与えようとしている。それが彼らのいう支援なのだろう。人間は放っておいてもいつかは必ず死ぬ。死刑は命を奪われるからではなく、一切の希望を強制的に断たれるから究極の刑になるのではないだろうか。

十二　血涙

　横浜総合S病院は長津田駅からタクシーで十分ほどのところにあった。阿部美雪の病室は七階。エレベーターホールの前にあるナースセンターで面会者リストに名前と住所を書き込むと、七〇八号室だと看護師が教えてくれた。

　廊下が真っ直ぐに伸びて両側が病室だった。少しだけ冷気を含んだ空気と病院特有の消毒液の臭いが廊下には漂っている。七〇八号病室のドアに入院患者の名前を記したプレートが掛けられていた。六人部屋のようだが、名前が記されたプレートは四枚だけであとの二枚は白紙だった。

　部屋には左右に三つずつベッドが並び、それぞれカーテンで仕切られていた。阿部美雪は窓際右側のベッドだった。仕切られたカーテンの前で、「阿部さんはこちらでしょうか」と清子が尋ねると、「どうぞ、こちらです」という返事が返ってきた。

　カーテンを少し開けると、阿部は点滴を受けている最中だった。レースのカーテン越しに夏の名残を思わせる日差しがベッドの上に射し込んでいた。

「突然申し訳ありません。おからだの方が大変なようであれば日を改めますが……」

「静代さんのお母さんですよね」

口ぶりだ。

「静代さん」という呼び方に清子は違和感を覚えた。まるで静代を知っているような

「ええ、そうです。老人ホームからお話が来たと思いますが……」

と言いかけて清子を驚きのあまり口をつぐんだ。

やせ細っているが、事件直後、静代のスケジュール手帳の中から出てきた写真の女性だとすぐにわかった。枕もとにサイドボードが置かれ、写真立てが二つ飾られていた。一枚は遠藤隆文と一緒に並んでいる写真で、もう一枚は静代と腕を組んでいるものだった。それには「小宮静代さん」と名前が太い油性ペンで書かれていた。

清子は自分の顔が強張っていくのを感じた。ベッドの横の小さなパイプ椅子に、清子は何気ない様子で腰かけた。

「静代とは知り合いだったのでしょうか」

美雪は視線をサイドボードの写真立てに目をやった。美雪は清子の問いには答えずに言った。

「私の方もお会いしたかったんです」

「重い病気を患っていると聞きましたが、つらかったら言ってください。出直しますから」

「私はいつもこんな具合ですからご心配いりません。それより静代さんのことは心か

ら謝罪したいと思います」

「何もあなたが謝罪すべきことではありませんよ……」

清子はそう言ってはみたものの、サイドボードの写真が気になる。

――阿部美雪と遠藤隆文はどういう関係なのか。

「事件後、タカ君はしばらく私のアパートに隠れていました」

「タカ君というのはやはり遠藤隆文のことなんですね」

清子は写真に目をやった。富士山を背景に美雪と隆文が一緒に写っている。

「タカ君がT少年院を出た後、しばらくは一緒に暮らしていました」

遠藤がボランティア活動をしたのはわずか三ヶ月、その間に阿部と親しく会話を交わすほどの仲になっていたのだろう。少年院を出る時は、彼らは保護者の下に帰ることを誓約しなければならない。遠藤も養母の下で社会秩序を守りながら生活すると誓ったが、保護者のところには戻らなかった。遠藤はそのまま阿部美雪のところに転がり込んだらしい。

「どうして三ヶ月くらいの付き合いで、同棲なんかするのかと思っていらっしゃるのでしょ」

その通りだが、清子は何も答えなかった。美雪は再び写真に目をやった。

それにしても少年院に収容されていた遠藤と数回しか会っていないのに同棲などよ

くできるものだと驚くばかりだ。

「事件後、あなたのところに身を潜めていたのなら事件について詳しく聞いているでしょう」

「ええ。聞きました。八王子支部の判決はまったく事実を見誤っています。タカ君は静代さん、石川君には一切手を出していないと言っていました」

「あなたはそれを信じているのですか」

「タカ君を私は信じています」

阿部美雪は遠藤隆文に今も好意を抱き続けているようだ。美雪のいうことなど何ひとつ信用できないと清子は感じた。

「どのくらい一緒に暮らしていたんですか」

「半年くらいでした。隆文は父親違いの弟なんです」

清子は予想もしていなかった言葉に息をのみ込んだ。

「私は幼い頃、母親に捨てられ、祖父母の家に預けられました。父親が誰なのか、私は知りません。母親はホントにろくでもない女でした」

美雪の言葉から隆文だけではなく、美雪も親の愛情に飢えて育ったことがうかがえる。美雪を産んだ後、母親はヤクザの男と結婚し、隆文が生まれた。祖父母の家に隆文は一度か二度、死んだ母親に連れられてやってきたことがあるようだ。

育ててくれた祖父母が死亡し、養護施設へ美雪は移った。

「この話をすると、祖父母が死んでその後は寂しい思いをしてきたのだろうと皆思うようですが、私は祖父母が相次いで死亡し、内心ではホッとしていました。理由は祖父母の醜い喧嘩と、祖父の暴力です。母がどうしてあんな人生を送ったのかわかりませんが、一因は祖父の暴力にあったと思っています」

美雪の言葉の端々から暴力が常に身近にあった家庭であることがうかがえる。阿部美雪も複雑な家庭環境で育ったようだ。

横浜市内の養護施設に、担任教師の尽力によって転入してきたのが隆文だった。

「隆文の方は私に気づきませんでしたが、名前から私はすぐに弟だとわかりました」

「弟さんはすぐにその施設からI学園に移されていますよね」

「その通りです。隆文はどうにも手がつけられないワルというか、私の目から見ても野生で育った人間の子供という印象でした」

「姉だとすぐに名乗り出たのですか……」

「それはしませんでした。あんな乱暴者の姉だとわかると私も施設にいづらくなると思いました」

暴力と盗癖で他の児童への配慮もあって、養護施設職員の中からも児童自立支援施設に移した方が隆文のためだという意見が持ち上がった。

「それを聞いてかわいそうだと思い、名乗ったというより隆文の父親とか母親のことを聞きました」

父親についてはまったく知らなかった。母親も隆文が生まれて三年足らずで死亡していた。叔母の家に預けられたが、食事さえ満足に与えられずに育ったことを隆文は素直に語ったらしい。

「叔母は隆文を育てる気持ちなどなくて、祖父母のところによく預けに来ていたのです。その隆文の相手をするのが私の役目でした。その話をしてやりました」

〈エッ、恩田のネエチャンなの……〉

祖父母は横浜市緑区恩田町に住んでいた。祖父母は〈恩田のジイチャン、バアチャン〉、美雪は〈恩田のネエチャン〉と呼ばれていたようだ。

「隆文は子供の頃の記憶が微かに残っていました。私だとわかると声を上げて泣き出しました。もう悪いことはしないと私に誓ってくれました」

しかし、手遅れだった。隆文はI学園に移されていった。

その後、音信は再び途絶えた。

美雪は養護施設で暮らしながら県立高校を卒業し、介護福祉士の資格を取り、高尾苑で働くようになった。

「生まれた時からずっと自分の身の置き場がなかったんです。どこにいても邪魔な存在で、私は母親の気まぐれで生まれてきたのではという思いを、ずっと引きずって生きてきました。老人ホームなら、いつも必要とされていることを実感できて、生きていていいんだって思えたんです」

その施設にT少年院からボランティアとして派遣されてきたのが遠藤隆文だった。

「T少年院から派遣されてきたと聞き、あの後、隆文がどんな生き方をしてきたのか、だいたい想像がつきます」

「しかし、あなたはその隆文と一緒に暮らしている。何故ですか」

「なんとか更生させ、自立させたいと思いました。保護者の下で暮らすと少年院の院長に誓ってT少年院を出ましたが、養母は一度も少年院に面会に来ていないし、第一養母がどこで暮らしているのかも、隆文は知りませんでした」

姉と暮らすようになると、隆文もアルバイトだったが建築作業現場で働き始めた。美雪は八王子市子安町の二ＤＫのアパートで暮らしていた。そこから特養老人ホームに通勤していた。しばらくの間は、姉弟の穏やかな生活が続いたようだ。

「私が体調を崩して高尾苑を退職せざるを得なくなりました。隆文には病気のことは話していませんが、それからは厳しく対応しました。そうするしかなかったんです」

清子には美雪の言う意味が理解できなかった。

「病気がみつかり、そんなに長くは生きられないことがわかったんです」

「病気？」

「ええ、慢性骨髄性白血病と診断されました」

病名を聞いても清子にはそれがどのような病気なのかも理解できなかった。インターフェロンαによる治療を続けた場合の五年生存率は約六〇パーセント、慢性骨髄性白血病は、慢性期、移行期、急性転化の三段階を辿るようだ。

美雪によると、現在の症状は急性転化に移行したらしい。それまでの病状は一変し、急性白血病でみられるような貧血、発熱、出血傾向などの重篤な症状が出現する。骨髄バンクドナーから移植を受けた場合でも、五年生存率は六〇パーセント。

「隆文に一日も早く定職をみつけて一人で生きていけるようにしなさいと言いました」

しかし、それまで誰かに甘えるという経験をしたことのない隆文は、姉からも見捨てられたと思ったらしい。

「工事現場でもなかなか他人とうまく付き合うことかできずにケンカばかりしていました。同じ現場で働くことができずに早い日は一日でクビになっていました。いつもよりきつい調子で定職につくように頑張りなさいと言うと、家を出たきり戻ってきませんでした」

遠藤隆文が四人を殺すのはそれから間もなくのことだった。美雪の話を聞きながら遠藤は性根まで腐りきっていると思った。

「まだ元気な頃、私はある専門学校の学生と出会いました」

美雪が再びサイドボードの写真に目をやった。ようやく清子の最も知りたいことに答えてくれる気になったらしい。

「静代さんは介護福祉士の仕事に就きたいとよく特養老人ホームの見学にきていました」

静代より二歳か三歳、美雪の方が年上になる。二人が出会ったのは静代が専門学校の一年生の夏休みだった。

美雪は子安町のアパートからオートバイで八王子市郊外にある高尾苑まで通っていた。

暴走族のオートバイ、五、六台が帰宅中の美雪の横を猛スピードで走り去って行った。暴走族の爆音に驚き、美雪は運転操作を誤り、路上に転倒した。

「ケガをしなかったかと聞いてくれたのが、そこをたまたま通りがかった静代さんでした。倒れたオートバイを一緒に起こしてくれました」

その時は、それだけで終わったようだ。

数日後、八王子駅ビル内にある書店で美雪は静代と再会した。

「私も静代さんも介護関連の本を探していました。それから付き合うようになりました」

静代は美雪から彼女の生い立ちを聞かされたようだ。

「あなたと付き合っていた静代が、どうしてあなたの弟に殺されるような結果になってしまったのでしょうか」

「長く生きられないとわかり、隆文を自立させたいばっかりに定職について自立するように言いました。隆文には恋人がいるとウソを言いました。それで自分は邪魔な存在だと早合点して不良仲間と付き合うようになったんです。隆文は私の病気について何も知りません。あの時、すべてを話していればこんなことには……」

「あなたの弟が付き合うようになったのが中村や吉崎ですか」

「そうです」

「こう言ってはなんですが、どうしようもない弟さんですね。あなたに責任がないにしても、人を殺すために生まれてきたような人間だ」

寝たままの美雪の目から涙が流れ落ちた。それでも清子は聞いた。

「遠藤はあなたが静代と付き合っていた事実を知っていたのですか」

「この写真を見て、きれいな女の子だと言っていました」

「自分の姉の友人だとわかっていながら、あいつは静代を殺したのね」

清子は病室だということを忘れて思わず声を張りあげた。

「信じてくださいとも信じてほしいとも言いません。傷を負って逃げてきた隆文から聞いた話です。隆文は静代さんにも石川さんにも一切暴力はふるっていません。殺したのは中村と吉崎です」

美雪は警察の追及を逃れてきた隆文を四ヶ月ほどかくまっていた。

相模湖に向かう時シビックの車内で、吉崎が静代と石川孝太郎の財布を奪った。財布には石川孝太郎の免許証、静代の学生証も入っていた。

「吉崎から静代さんの財布を受け取り、中身を確認している時に学生証の名前を見た瞬間から、どうやって二人を逃がすか、それだけを考えていたと言っています」

二人を殺す場所を決めかねているふりをして、相模湖を走り回りながらその機会を狙っていた。しかし、中村も吉崎も苛立ち始め、中村が強引に事件現場の林道に車を止めた。

遠藤隆文が最初に車から降りて、吉崎がトランクから取り出したパイプを受け取り、「俺がやる」と石川孝太郎を外に連れ出した。車から見えない山林の中に石川孝太郎を導いた。車内には静代と中村、吉崎が残った。

隆文はパイプを孝太郎に渡し、自分を殴って車の付近に隠れていろと言った。

〈お前らを助けるにはこの方法しかないんだ〉

そう言って孝太郎に自分を殴れと迫った。

〈俺を殴って逃げろ。頼むから逃げてくれ。車の横に隠れていろ。俺が二人をおびき寄せるから、お前たちは車に乗って逃げろ〉

隆文は左側頭部をパイプで叩かれた。石川孝太郎が車の横に身を潜めたのを確認し、大声で助けを求めた。

「男が逃げた。来てくれ」

しかし、中村も吉崎も遠藤のところにはやってこなかった。隆文は血を流しながら車に駆け寄った。

「隆文の話では、車内で中村は静代さんをレイプし、それを知った孝太郎さんは彼女を助けようと二人に挑みかかっていったようです。それで背後から吉崎に押さえ込まれ、中村に刺されたと言っていました。逆上した中村は手も鮮血に染まり、衣服は真っ赤だったそうです。吉崎と二人でまだもがき苦しんでいる石川さんを滅多打ちにしていた……」

「あなたはそんな話を信じているのですか」

「私は信じています」

清子は言葉を失った。

静代や石川を本当に助けようと思えば、遠藤と石川孝太郎が組めば二対二で闘える。中村にしても吉崎にしても小柄な体格だ。それに二人はすぐに暴力をふるう遠藤を恐れていた。遠藤と石川君の二人で反撃すれば殺されなかっただろう。

「隆文にはヤクザの価値観しかなかったのです。そこで中村、吉崎を裏切れば、自分の生きる場所はもうどこにもないくらいに思いつめていたのです。人間には敵と味方しかいない。隆文が味方に思えた人間はヤクザしかいなかったのです。ホントに愚かだと思います。でも、そんな隆文の気持ちもわからずに、自立しろと冷たくあしらってしまった私にも生きる資格はないと思っています」

「あなたは身内だからそう考えるのも仕方ないと思いますが、よく考えてみることですね。裁判で、遠藤はそんなことはひとことも言っていません。誰がナイフで刺したのか、裁判でも争点になっている。もし事実なら遠藤もそう主張するはずです。自分の命がかかっているのだから」

「もし隆文が石川君を刺したのなら、隆文は大量の返り血を浴びているはずです。逃げてきた時、パイプで傷ついた左耳の裂傷だけで、隆文の衣服の左肩にしか血は付いていませんでした。それに……」

美雪が何かを言い淀んだ。美雪の言葉を待っている余裕は清子にはなかった。美雪が言いたいことは想像がついた。

〈隆文は静代をレイプしていない〉

言葉をつづけようとする美雪を制して清子が言った。

「血の付いた衣服など処分しようと思えばどうにでもなるでしょう。左肩にしか血の付いていない衣服だって、簡単にでっち上げることはできる。それに私には生きて償いたいと平然と手紙を書いてきています。あなたに話しているのは、姉の友人とその恋人を殺してしまったことに対する言い訳ですよ」

「逮捕されてから一度だけ面会に行きました。つらくなるから二度とくるなと言われ、それからは会いにも行かないし、手紙も書いていません。面会の時、隆文は死んで償うしかないとはっきり言いました。これ以上、生きたいとも思っていないでしょう」

「一つだけ聞かせてくれませんか。あなたのアパートに潜んでいた時、あいつは何をしていたのですか」

「最初は私の本棚にあった本を読んだり、テレビを見たりしていました」

「彼はどんな本を読んでいたんですか」

「私は小説よりもノンフィクションが好きで、隆文は免田事件に関する本を夢中になって読んでいました。それと『指紋捜査官』という本を何度も繰り返して読んでいました」

「その他には？」

「図書館から借りてきてほしいと頼まれたのが島田事件に関する本でした。私も自首するように言い、私のところにいては迷惑をかけると思ったのか、私が買い物から戻るといなくなっていました。それからすぐに隆文の身柄が拘束されたという速報が流れました」

清子はそれ以上病室にいる気にはなれなかった。

「病気でつらいのに長話をさせてすみませんでした」

こう言い残して清子は病室を出た。

病室を出る時、阿部美雪は泣きながら言った。

「隆文の代わりに私が死んでお詫びをしたいくらいですが、私にはもはや自殺するだけの力も残されていません」

美雪は医師から三ヶ月の命と余命宣告されていた。

遠藤が心を開いたもう一人の女性とは、姉の阿部美雪に違いない。姉の友人だった静代を殺しておきながら、よくも生きて償いたいなどと手紙を書けるものだと、清子は怒りをつのらせた。

十三　憤怒

　相模湖湖畔の林道で殺された石川孝太郎の姉、紘子は大学卒業後、Ｆ銀行に就職した。大手銀行で社会人としての第一歩を踏み出した。しかし、事件後、上司に呼ばれ退職勧告を受けた。

「被害者の家族とはいえ大事件の関係者が銀行で働いているというのは、社会的信用に傷がつく」

　三多摩連続殺人事件の裁判が始まる頃、銀行を辞め、上司の仲介でＦ銀行系列の消費者金融アクアローンに転職せざるをえなかった。アクアローンも最初は難色を示したが、Ｆ銀行からの依頼で拒絶することもできなかったのだろう。石川紘子の名前では支障をきたすかも知れないと、名字を変えることを条件に、採用すると言ってきた。理不尽だが、それでも生きていくためには仕方ないと会社の勧告に従い、新しい職場では、母親の旧姓の東野を名乗り、怒りを押し殺し、八王子支部で法廷が開かれていた四年間を黙々と働いてきた。

　しかし、一審判決を聞いた瞬間、それまで抑え込んできたたがが外れてしまった。弟を殺した犯人への憤り、謝罪もしないで平然と傍聴している犯人の家族への苛立ち、遺族の悲しみなど気にもせず死刑反対を叫ぶ支援者たちに対する憎悪。それが一つになり、濁流となってもはや留めることはできなくなった。

一審判決後、父親の敏彦もがんで悲憤のうちに亡くなり、母親の房子のうつ病も悪化するばかりだった。

紘子は深夜に小宮家を訪ねた。小宮清子はすぐに家に招き入れてくれた。居間の座卓にはお茶やインスタントコーヒーがいつでも淹れられるようになっている。清子がカップを二つ取り出しコーヒーを作ってくれた。清子は「アクアローン東野紘子」という名刺に眼を落していた。

「あの判決をどのように受け止めていらっしゃるのでしょうか」

「私は法廷でも述べましたが、三人に死刑判決が出ることを期待していました」

「あんな判決許せるはずがありません。私は三人に死刑判決が下りたとしても彼らを許すつもりはありません」

紘子はコーヒーカップを座卓に置いたが、その手は怒りで震えた。

「あいつらのおかげで何もかもがメチャクチャになりました。今はサラ金で働いていますが、事件前までは銀行に勤務していました。殺人事件の関係者が銀行にいては社会的信用にかかわると、退職勧告を受けました」

加害者が少年法によって保護され、被害者側が理不尽な仕打ちを受けるのだ。

「退職勧告を告げてくる銀行に未練はありません。退職は何とも思っていません」

「それで今はどうされているんですか」

「中には勧告なんか無視して残れと言ってくれた上司もいましたが、残ればかばってくれた上司の昇進にも影響しかねないのできっぱり退職しました。そうした上司の仲介で消費者金融に再就職し働いています」

「相談があるとおっしゃっていましたが……」

訪問の真意を知りたいのだろう。

「愛する者を奪われたらどんな思いをするか、あの三人に思い知らせてやりたいのです」

居間の蛍光灯に映し出された紘子の顔は青白く、清子には不気味に感じられたのかもしれない。清子が困惑しているのはわかったが、それでも紘子は続けた。

「誤解しないでください。私は何も彼らの家族を殺そうと思っているわけではありません。ですがこのまま何もせずに判決が下るまで何年も待っているつもりもありません」

「それで……」

清子と紘子の視線が初めて絡んだ。

「これから申し上げることはどんなことがあっても秘密を守り通していただけます

か」

「わかりました。私はもうこの年齢です。残された人生もそれほど長くはないでしょう。あなたのお話は墓場に持っていくと約束します」

紘子は緊張した表情を少し和ませた。

「私は裁判を傍聴しませんでした。ですから被告の家族や支援者に顔を見られていません。それが計画を実行する上で役に立ちました」

「計画？」

冷たくなりかけたコーヒーを口に運びながら清子が訝る顔をした。

「彼らにはそれぞれ弁護士がついていますが、三人とも国選弁護人ではなく私選弁護人です。その費用はどうしたと思いますか」

清子はそうしたことまで考えてはいなかったようだ。

「中村の両親は金銭的な償いは何もできないと小宮さんに言ったでしょう。あれがホントだと思いますか」

「わかりません」

紘子は胸のポケットから一枚のコピー用紙を取り出した。

「ご覧になってください。中村宏光の信用情報です。消費者金融に職場が変わったおかげでこうした書類を簡単に入手できるようになりました」

中村宏光は大手消費者金融三社から百五十万円、名前も聞いたこともない会社四社から合計約百万円を借りていた。

「リストラされ病気で働けないと言っていたし、それで消費者金融に手を出したのでは……」

「中村信夫の父親が消費者金融に手を出したのは、事件のずっと前からで、借りたり返したりをこれまで繰り返しています。弁護士費用もこの融資から回っていると思います。胃がんで働けないと言っていますが、本人は毎朝開店前のパチンコ店に並んでいます。母親は京王線沿線の駅でホーム清掃の仕事をパートでしています。本田弁護士も両親から聞いた話をそのまま法廷で垂れ流しているだけで、事実かどうかなんて確認をしていません」

被告三人の家族の動向を、紘子は調査していた。

吉崎誠の姉、亜由美は新宿のキャバクラで働いている。それも突きとめていた。

「亜由美は法廷でやさしい弟だったと証言しているでしょ。弟や妹になけなしの金をはたいて菓子を買い与えていたとか」

……」

「法廷で情状酌量を裁判官に求めるために鈴木弁護士が言わせた言葉だと思いますが
「誠が弟妹に果たしてそんなことをしていたかどうかなんてわかったものではありま

せん。彼の弟妹が暮らしていた養護施設に、亜由美も誠も訪ねて行った形跡はありません。でも亜由美にとっていい弟であったことには違いありません。何故だかわかりますか」

清子が首を横に振った。

「誠がやっていたのはホストクラブの集金だけではありません。亜由美についた客が、他のキャバ嬢を指名したり、他の店に通い始めたりすると、誠は亜由美の男になりすまして美人局まがいのことをして金を脅し取っています。亜由美も同僚のキャバ嬢を誠が関係するホストクラブに誘い、金を散々使わせてその一部を店からキックバックさせていました」

「法廷で証言した亜由美は目にいっぱい涙を浮かべ、弟のやさしさを強調していましたが……」

「信じられないのはもっともだと思います。世の中の大部分の人がそうだと思いますが、根っからの悪人なんていないと思っているでしょう。私もそう信じて生きてきました。消費者金融の営業って外回りは結構自由にできるんです。要するに支払いが遅れたり焦げついたりした客の身辺調査です。それで中村の両親、亜由美について調査することができました。世の中にはウソを平気でついたり騙したりしても何の罪悪感も覚えない人間がいるのを知りました」

「それでどうしようと……」

「裁判は最高裁までもつれ込むでしょう。その間、あいつらは拘置所の中でいくつになっても少年法に守られ、名前さえ公表されず呼吸をし、眠り、ご飯を食べて、反省だの償いだのと愚にもつかぬことを法廷で並べたてます。それなら判決が出るまであいつらが最も苦しむようにしてやろうと思っています」

清子が言葉を挟むことはもはやなかった。

「中村信夫は父親にはさしたる気持ちは抱いていません。ただ母親には溺愛されて育っています。吉崎誠は弁護費用を亜由美に出してもらっています。亜由美はどう思っているかわかりませんが、誠の方は姉として慕っています。この二人の苦しむ姿を中村、吉崎の二人に見せつけてやります」

「遠藤はどうするのですか？」

「あいつには誰もいません。遠藤の弁護費用は誰が出しているのか今の段階ではわかりませんが、裁判でこれまでの人生で心を開いた人間は二人しかいないと証言したのを覚えていますか」

「もちろん。一人は支援をしている鳴島と明言しています」

「鳴島は自分の子供が殺されても、犯人を許すとマスコミの取材に答え、八王子支部の法廷でも言っています。鳴島の子供を殺すようなことはしませんが、本当にそうなのか鳴島を試してみます」

「試す？」

「ええ。しかし、犯罪に手を染めるようなことはしたくありません。あいつらと同等の人間になんてなりたくない。それだけは誓います。協力してもらえますか」

「犯罪に手を貸すようなことはしたくありません。しかし、私たちの苦しみを三人が獄中で味わうならいくらでも協力します。ただしその内容によりますが……。絶対に秘密は守ります。聞かせてください」

石川紘子は自分で思い描いてきた三人への復讐計画を淡々とした口調で清子に説明した。それを聞き終えると清子が尋ねた。

「そこまで調べ上げるにはいくらサラ金の営業で自由がきくとはいえお金もずいぶん使ったと思いますが、どうしたんですか」

「自分の貯金と父親の生命保険を注ぎこんできました」

「協力しますが一つ条件があります」

低くくぐもった声で清子が言った。

「何でしょうか」

清子の言葉に紘子は一瞬殺気だち身構えた。

「たった今、この瞬間からすべての計画は私が考えたもので、私が首謀者で、あなたは私の指示に従ったに過ぎない。そういうことにしてくれますか。それとこれからかかるお金の心配はする必要はありません。この家は売却し、小さなマンションでも借ります。私はこの先、お金を持っていても別に使うあてもありません。それでいいなら協力します」

紘子は座卓につくくらい頭を下げた。

「ありがとうございます。私の方からももう一つ申し上げなければならないことがあります。協力が得られない場合もあると思って出しませんでしたが、この計画にはもう二人協力者がいます。藤原勉の恋人と巻きぞえで殺されたホームレスの長男です」

「藤原は遠藤の仲間だった男でしょう」

清子は不信感を顔に滲ませた。

「今度、二人に会ってもらいます。直接、話を聞いてください」

「恋人だってあいつらと同じようなものでしょう。信用できるのですか」

「彼女も非行歴があり、シンナー吸引で警察に補導された経験があります。でも今は立ち直っています。どうせ法廷で証言しても相手にされないだろうし、藤原が生き返るわけでもない。彼女も報復を考え、三人の身辺調査をしている時に知り合いました」

——あの夜以来、清子と練った計画を実行してきたのだ。中村と吉崎への復讐は石川紘子が引き受け、清子には遠藤が心を許したという女性を探してもらったのだ。

　一審判決から半年が経過し、年の瀬が迫っていた。その日、石川紘子は低利子、スピード融資を謳った自社のパンフレットに自分の名刺をホッチキスで止めた。手書きで携帯電話の番号を書き込んだ。用意したパンフレットはその一通だけだ。石川は吉祥寺支店の営業部主任だ。武蔵野地区が担当だが、その日は立川市に向かった。

　石川は車を路肩に止め、中村宏光の家の郵便受けにパンフレットを投函し、すぐにその場から走り去った。

　中村は何も知らずにアクアローンにやってきた。石川は計画通り百万円を融資した。貸借契約書はアクアローンのものだが、中村に融資した金はアクアローンから貸し出されたものではない。小宮清子から提供されたものだ。

　中村が四社の返済に百万円を充当するはずがない。最初の支払いから滞った。アクアローンの正式な融資ではないから請求の葉書きが中村に届くこともない。石川はその債権を厳しい取り立てをしていると業界内で噂になっているアポロクレジットに一万円で売却したのだ。

　予想通り中村夫婦は追い詰められ、生活は破綻していった。紘子はその後も二人の生活を監視しつづけた。

中村千鶴の勤務実態も正確に把握した。石川紘子と清子は二人で手分けして乗客が迷惑しているという手紙を清掃会社に書き送った。同じ人間の仕業と見破られるのを避けるために、文章の内容、印字の字体を変え、便箋、封筒もすべて異なるものを使った。思った通り千鶴は解雇された。

さらに夫婦でパチンコに興じる姿、馬券売り場に並び馬券を買う現場、競艇場で絶叫している二人の様子も密かに撮影した。そうした写真も匿名で支援グループに送付した。

パチンコ店で咥えタバコをしながら台に向かう写真や、足元に山のように積み上がったパチンコ玉の山を見ながら嬉しそうにしている千鶴の写真を拘置所にも送り付けた。

「君のお母さんは元気にしている。君もしっかり裁判を闘いなさい」

ギャンブルに夢中になっている写真は、短い手紙を付けて立川市役所生活福祉課にも送った。

〈中村宏光氏が生活保護の申請にそちらを訪れているはずです。同じ立川市の住民として、このような人への生活保護費の拠出にはくれぐれも慎重に対処するようにお願いします。同氏はサラ金数社に借金を重ね、近所の住民にまでいかがわしいサラ金から深夜に何度も、中村に早く返済させろと脅迫じみた督促の電話が入っています。さらに近所の複数の方からも借金をしています。結局、返済が不能になると自己破産手続きを取り、裁判所が返済の免責を認めたから近所の方たちにも返済する必要はないと、借金を踏み倒しています。そして、毎日ギャンブル三昧の日々を送っています。こんな人たちに私たちの税金が使われるのは絶対に許せません。不正受給は絶対に認められません〉

結局二人はホームレスに身をやつした。多摩川河川敷での生活や千鶴が深夜にコンビニのゴミ箱をあさり、空き缶を回収している姿も撮影して中村信夫に送った。

石川紘子がF銀行で最初に教え込まれたのは窓口業務だった。その後、アクアローンに転職したが、そこでも窓口業務を担当した。インターネットや支店の個室で専用の端末から必要事項を入力し、融資限度額三十万円のローンカードを申し込んでくる客の選別は本社で一括して担当している。

窓口で審査をするのは、自営業者対象のローンでアクアローンでは限度額三百万円まで融資していた。当然、銀行で融資を断られた自営業者が融資を申し込んでくる。書類審査と直接面接をして融資をするかどうか判断するのだ。紘子は銀行での経験を買われ、その仕事を任されていた。しかし、銀行に融資相談にくる客とでは、客筋が明らかに異なっていた。

その日、二十代半ばの男が店内に入ってきた。ATMで金を引き下ろす客だと思った。起きたばかりなのか寝ぐせのついた髪に無精髭、スーツを着込んでいるが、真冬にもかかわらず胸のボタンを外し、胸にはジャラジャラと音がする銀色のネックレスをかけていた。

カウンター越しに言った。

「自分、ホストクラブを経営しているっす。アクアのカードローンは持っていますが、自営業者ローンに切り替えられないか、相談にのってもらいたいっすよ」

印象だけで客を判断してはまずいが、自営業者用のローンを組ませるのは無理だと思った。紘子にはだらしない男にしか見えない。

しかし、むげには断れない事情もあった。信頼できる仲間の紹介だった。「東野紘子」と刷られた名刺を差し出し、椅子に座るように勧めると、男も名刺を取り出した。

「ホストクラブ　ティア・ドロップ　店長　桜井一聖」

「名刺は店長になっていますが、店のオーナーっす。本名は桜井和雄っす」

桜井の説明によると、自分の店を持ちたくて、歌舞伎町の老舗のホストクラブで六年間働き、開業資金三千万円を貯めてようやく開店にこぎつけた。経営のノウハウはわかっていたつもりだが、実際にやってみると思ったようには進まず苦戦していると言った。

「客を呼べるホストを多く抱えると売上は確実に伸びるっすよ。でもホストのギャラを歩合制でやったとしても人件費がかさんでしまうっす。歩合率を下げると人気ホストは店を離れてしまう。赤字にはなってないがテナントの賃貸料、人件費に食われ、気がつくと酒類の支払いに困る時が出てくるっす。その仕入れにいつでも三百万円くらい自由に使える金があると便利だと思って相談にきました」

桜井の口調に思わず笑ってしまいそうになる。六年間で三千万円と聞いて、紘子は桜井の話を端から信じなかった。ホストに貢ぐホステスや風俗嬢がいるというのは週刊誌やテレビのニュースで見たことはあるが、すべてのホストにそうした客が付くとも思えなかった。特に知性をまったく感じさせない目の前の桜井に貢ぐ女性がいるとは想像もできない。

「確定申告とか店の収支がわかるようなものってありますか」

「税金は払っているっす」

「ではこの申込用紙に必要事項を書き込み、昨年の確定申告書のコピーと、最近三ヶ月の収支がわかるようなものをご持参いただけるでしょうか」

紘子は体裁よく追い払ったつもりでいた。しかし、三日後、桜井は申込書に記入し、確定申告書のコピーを持参した。最近三ヶ月の帳簿のコピーもあった。

「見てください」

カウンター越しに資料を受け取り、紘子はざっと目を通した。七人のホストを抱え、十分な売上もあるが人件費が占める割合もかなりの比率だ。本人の月給も百二十万円を超え、年間千五百万円。年末の売上は通常の二倍あり、桜井の十二月の収入は賞与を含めて三百五十万円もあった。

「これだけ給与があれば自営業者ローンは必要ないのでは？」

紘子は疑問を桜井にぶつけてみた。

桜井の返事は明快だった。

「正直に言えば店の営業にどうしても必要な金というわけではありません。俺がホストとして働けば三百、四百万円くらいはすぐに売上を伸ばせます。その自信はあるっす。今は店を軌道に乗せるために必死っす。ホストの中には客をたくさん抱えているヤツもいて、一ヶ月で二、三百万円くらいのギャラを取る者もいる。

でも、そのレベルに届かない連中も使わなければ経営はなりたたないっす。新人の教育にも時間が取られている。そういう連中ともたまには飲んで景気のいいところを見せておかなければなめられる。そんな時に財布に三百万円くらいの現金を入れておきたいっす。現金を見せるのはうちの店が儲かっているということをホストに見せるためでもあるっす。その見せ金が足りない時がある。

サッと用意できる自営業者ローンは便利なんすっよ。三百万円も高利のサラ金から借りて利息を払うなんてバカバカしいっすからね、月末には全額返済するっす」

　言葉使いはできの悪い高校生だが、金に対する考え方はまともなように思えた。桜井の口調にも違和感のない女性たちがホストクラブに通い詰めるのだろう。客筋がなんとなくわかる気がした。

「書類を預からせていただき検討させてください。三日以内にお返事を差し上げるようにします」

　そう答えたが紘子は即座に結論を出していた。三百万円の自営業者ローンを組んでも桜井は返済不能に陥ると判断した。融資の使途目的は従業員に対する見栄以外の何ものでもなかった。しかし、紘子は融資可能と上司に書類を上げた。やはり職種でひっかかった。

「この客は大丈夫か……。ホストクラブのオーナーといっても二十八歳だぞ。もしカード発行するなら保証人を取っておくように」

「わかりました」

　紘子は自分の席に戻り、桜井の携帯に電話をかけた。

「アクアローンの東野です。審査結果が出たのでご連絡させていただきました」

「どうだったすか」

「基本的にはＯＫなのですが、一つ条件がございます。保証人を付けていただけると万円までは借入が自由にできるようになった。

紘子は保証人用の書類を送付した。自営業者ローンカードは発行され、桜井は三百

「では書類を送りますので、記入して返送してくれますか」

「副店長でよければ保証人になってもらえるっすよ。共同経営者なんすよ」

すんなりカードを発行できるのですが」

桜井のやり方だといずれ経営も行きづまるだろう。開業資金を蓄えるところまでは桜井も計画通りに進められたのだろうが、経営者とホストの両立は困難だ。ホストとしての自分の稼ぎを計算に入れて店の収益を考えていたところに無理がある。経営者として奪われる時間をほとんど計算していなかった。

数週間で融資限度額の三百万円が引き出されていた。その返済が滞るようになってきた。滞ったといっても一ヶ月も滞ることはなく、返済引落し日に預金残高不足で入金がなく、五日後くらいにはその知らせが桜井に届く。それと同時に指定口座に返済の入金がある。そんなことが二回ほど続いた。

紘子は桜井を支店に呼び出した。桜井も返済が遅れがちなのは十分に承知しているようで、翌日の夕方には来店した。

「遅れているのはわかっているっす。それに延滞利子が付く前に返済しているのはわ

かっているでしょう」

一週間以内に振込入金が確認されれば、延滞利子は要求しない内部規定になっていた。

「ええ、桜井さんが頑張っているのは十分理解しています。ただ、うちも会社組織なものですから、一度お呼びして注意を促しておくようにと上からの指示もあるので、その点はわかってもらえますよね」

紘子はそれ以上何も注意をしなかった。

「わざわざご足労いただきましてすみません」

桜井は椅子に座ったまま拍子抜けした顔をしている。

「実は私の個人的なご相談があるのですが、店ではしにくい話なので、店外で一度会ってもらえませんか。桜井さんにとっても決して悪い話ではありません」

桜井は訝る表情を浮かべた。

紘子は上司の席を一瞬振りかえり、席に着いていることを確認すると言った。

「損はさせませんよ。三百万円のこの融資をチャラにする話です」

「エッ？」

「夜、店が始まる前にどこかで会えませんか」

「いいっすよ」

「では、明日の夕方にでも電話を入れさせてもらいます」

翌日、早めに仕事を切り上げて、紘子は定時に支店を出た。

午後七時、西新宿にある京王プラザホテルのカクテル・ティーラウンジで待ち合わせた。桜井はすでにテーブルにつきビールを飲んでいた。アルマーニのスーツを着こなしているつもりなのだろうが、どことなくぎこちない。そんなことは一向に気にならないのか、紘子を見つけると大きな声で言った。

「ここっす」

紘子も席に着いた。

桜井は支払いの遅延を気にしている様子だ。

「ご迷惑をおかけします」

「いや、そんなに気にする必要はありませんよ。もっと遅れている人はたくさんいますから」

「俺はもっとビッグになりたいっすよ。だから信用情報にキズが付くことだけは避けたいっす。ホストクラブもなり上がるための資金作りで、これをずっと続けようと思っていないっすよ」

桜井は見た目とは違って結構真面目な性格なのかもしれない。

「あなたのその性格を見込んで、頼みたいことがあるんだけど……」

「何すか？」

「これから聞く話は絶対に口外しないと約束してくれますか」

「ヤバイ話っすか」

「いや、法律に触れるようなことではありません。手伝っていただければ、成功しようが、しまいが自営業者ローンは個人的に私が返済しゼロにします」

桜井は驚いたように目を見張り紘子を見つめた。

「返事はお話を聞いてからしてもいいっすか」

「もちろん」

紘子は思い描いている計画を桜井に説明した。

聞き終えると、確かめるように桜井が聞いた。

「ようするに西城キララというキャバ嬢をうちのクラブにのめり込ませて飲食代を使わせ、その請求をキャバクラに押しかけ、水商売ができないようにすればいいってことっすね」

「そうです」

「自営業者ローンがそれでチャラになるなら、是非やらせていただきいっすね。でも、実際うちの店でキララに使わせた飲み代はどうなるっすか。どれくらいの金額を使わせればいいのか、それによってかかる経費が変わってくるから」

「三百万円の飲み代をキララに使わせてもそれは私が支払いますから心配いりません。キララが六本木、新宿、赤坂あたりのキャバクラで働けなくなり、風俗店で働くようになった段階で自営業者ローンをゼロにするということでどうですか」

「わかったすよ。でも、一つだけ聞いていいですか。どうしてそこまでキララを痛めつけたいのか教えてくれますか」

「怨みがあるとだけ答えておきます。そのためには六百万円くらいの投資は惜しいとは思わないほどの遺恨があるということです」

それ以上、桜井は何も聞いてはこなかった。

「どんな方法でキララをホストクラブにのめり込ませるか、それは君に任せるわよ」

「安心していいっすよ」

桜井が不敵な笑みを浮かべた。

自営業者ローンの三百万円の返済とさらに三百万円の店の売上金が約束されたようなものだ。桜井はすぐにでも着手したいといった顔をしている。紘子はこれまでに得ているキララの情報を桜井に提供した。

桜井は「ティア・ドロップ」の飲食費が約束の三百万円に達するまで、キララにサインだけで自由に飲ませた。三百万円に達した時、フェルナンドに告げた。フェルナンドも想定外の仕事に自分なりの計画を練っていた。

キララの飲食代が三百万円に達したその夜、フェルナンドは「ティア・ドロップ」を辞めた。

「給料はいつも通り振り込む。それとは別に今回のギャラだ。受け取ってくれ」

桜井は事務室で百万円の束が三つ入ったA４の封筒をフェルナンドに渡した。

「約束より百万円多くなっていますが……」

「計画が進めばおそらくキララはお前の口座から金を引き出そうとする。一回だけは抜かせてやれ。それと被害届を警察に提出してくれ。そこまではやってくれ。百万円多いのはそのためだ」

「わかりました」

「その代わり東京にはしばらくこないでくれよ」

「彼女が私の口座から引き出したことを確認した上で、マンションを出ます」

フェルナンドはレンタカーを借りて、自宅マンションのエントランスの人の出入りを見張っていた。

「今、店を出たぞ」

桜井から連絡をもらった。

「ティア・ドロップ」で飲食代が三百万円も溜まっていたことを知らされ、キララはフェルナンドのマンションに駆けつけて、フェルナンドの通帳とカードを持ち出すと予想していた。案の定、キララは部屋に入り、すぐに出てきた。その直後にフェルナンドは一度マンションに戻った。テレビボードに通帳はなかった。

予めリサイクルショップと引越し業者、それにマンションを管理している不動産業者を回り、用件を伝えておいた。賃貸契約をその日で終了することを伝え、不動産業者からカギ屋を紹介してもらった。すべてを数時間の間に完了させる必要がある。

午前七時にリサイクルショップと引越し業者が同時にやってきた。テレビやオーディオ機器、箪笥などはすべてリサイクルショップに引き取ってもらった。必要なものだけを実家に送った。不必要なモノはすべてリサイクルショップにゴミとして処分を依頼した。部屋には何もなくなった。

午前八時にはカギ業者と不動産業者が二人でやってきた。マンションの汚れや傷を確認している間に、カギ屋が新しいシリンダーに交換した。マンションの開け渡しは何の問題もなかった。電源を切ったままの携帯電話も解約した。すべて計画通りにフェルナンドは行動した。

部屋をあけ渡すと、店を辞めた時から宿泊していた四谷にあるビジネスホテルにフェルナンドは戻った。パソコンで自分の銀行口座の預金残高を十分おきにチェックした。愛知県に住む両親にパソコンで送金できるように、口座を設ける時にそれらの手続きをしておいた。それが役に立った。

午前九時、百万円が口座から下ろされた。間違いなくキララの仕業だ。

ホテルを出ると、目黒警察に向かい、事情を説明した。スペアキーを女性に預けたが、同棲している相手でもなく結婚を約束したわけでもない。通帳がなくなっていると訴えた。

「すでに百万円が下ろされています」

目黒警察に被害届を出すと、銀行にも通帳とカードが紛失したと届けた。盗難の可能性があり、目黒警察に被害届も提出してあると告げた。

フェルナンドは銀行前からタクシーで東京駅に向かった。愛知県に住む両親と会うのも久しぶりだ。


桜井からの電話を受けると、紘子は約束通り自営業者ローンの返済を立て替え、融資金額をゼロにしてやった。それとは別に三百万円を桜井の口座に振り込んだ。西城キララを風俗店に追いやることができた。

紘子は最後の仕上げに取りかかった。キララがソープランドに入るところと客に性的サービスをしている写真を撮ることにした。

性的サービスの撮影は発見されれば、店側とトラブルになるのは必至で慎重に計画を進めた。キララは川崎堀之内のソープランド〈キャビンアテンダント〉で、すでに働き始めている。

写真は完璧に仕上がっていた。〈キャビンアテンダント〉に入っていくキララの姿が鮮明に映し出されていた。

店内で性的サービスを行っている写真は、ビデオカメラで隠し撮りしたものだった。キララが客の前で裸になっていく様子の写真と、客とセックスをしている写真もあった。

拘置所に収監されている吉崎誠に写真や手紙を送っても、女性の裸の写真やセックスをしている写真は検閲され、本人には届かない。〈キャビンアテンダント〉の従業員専用出入口から入っていくキララの写真だけを架空の住所と仮名で送りつけた。

それから数日後、桜井から連絡が入った。

「さきほど目黒警察署の刑事がきてキララのことを聞いて帰りました。おそらく逮捕されるでしょう」

「容疑は？」

「フェルナンドの口座から百万円を勝手に引き出した窃盗容疑です。銀行の防犯カメラに堂々と下ろしているキララが映っていたそうです。彼女は自分の飲食費をフェルナンドが支払う約束になっていたのだから、窃盗にはならないと主張しているようです。目黒警察は私にも事実関係の確認を求めてきました」

「どう答えたんですか」

「私は二回、弁護士から飲食代を請求する内容証明書を送付していて、そのコピーを見せてやりました。ホストが客の飲食代に責任を持ち、その場はサインだけで済ませることは稀にはあるけれど、三百万円などというのはありえないし、悪質なので弁護士に依頼したって説明しました。キララがフェルナンドの貯金を狙っているのもわかったので、フェルナンドには常々気をつけろと注意はしてきたって刑事には言っておきました」

キララはフェルナンドの銀行通帳とカードを持っていた。証拠はすべて揃っていた。翌日の新聞にキララの逮捕が一段記事で掲載された。普通なら記事になるようなニュースではない。また警察が逮捕にまで動くような事案でもない。それにもかかわらず逮捕にまで至ったのは、西城キララがやはり吉崎誠の姉亜由美という事実が大きく影響していたからだろう。

紘子はその記事を拡大コピーし、手紙も同封して吉崎に送った。

「素晴らしい姉さんですね。あなたのために体をはって弁護料を稼いでいます」

吉崎誠に姉を慕ったり、思ったりする気持ちがあれば苦しむだろう。もっとも弁護料を貢ぐだけの都合のいい姉と思っていれば、どんな写真や手紙が送られてきたとしても心を痛めることもないだろうが……。

吉崎誠を追い詰めるには経済的な支援を断ち切り、孤立させてしまえばいい。吉崎の弁護人を務める鈴木勝則弁護士にも支援者にも、亜由美が「ティア・ドロップ」でホストに囲まれ、酒を飲んでいる写真を送りつけた。

「肝心の亜由美さんがこんな生活をしていて、弟を死刑から救いだせるのでしょうか。家族が被告を見捨てているとしか思えません。一支援者より」

本当に支援者から届いた手紙だと鈴木弁護士が考えるとは思えなかったが、被告の姉がホストクラブで遊んでいる姿を他人に知られるのは、支援活動には妨げになると考えるだろう。

さらに紘子は吉崎の情状酌量を求め証言台に立った支援者の練馬、さらに吉崎を支援する関係者にキララがホストクラブで騒ぐ写真やソープランドで性的サービスを行っている写真を送付した。

「吉崎誠被告の支援に最も真剣に取り組むべき家族がこうした生活を送っています。私たちの支援は本当に意味のあることなのでしょうか」

手紙と言うより走り書きのようなメモを添えた。

練馬は「母親の愛情が欠如」している吉崎に、愛情を注いでやれば立ち直ると証言した。

吉崎誠が姉の放蕩生活を知った時、どういう悪態を亜由美につくのか。あるいは逆にソープランドで働く姿を知り、心を痛めることがあるのか。支援者は吉崎の正体を見極めてから支援を続けるのかどうかを考えればいいと紘子は思った。

吉崎誠の考えなどおよそ想像がつく。

亜由美がホストクラブで遊んでいる姿を見れば、自分が四人の命を奪った事実など忘れて、弟が死刑になるかどうかの瀬戸際に立たされているのに、遊びまくっていると怒り心頭し、ソープランドで売春をしていようが、そんなことに心を痛めるはずがない。

吉崎は自分を支援する人間が一人ひとり去っていく孤独感にさらされればいいのだ。一審では無期懲役判決だが、高裁でどんな判決が下るかは予断を許さない。孤独感にさいなまれながら、死刑判決の恐怖に怯え、控訴審の法廷に立てばいい。

夏が終わる頃には、亜由美には執行猶予付きの判決が下りるだろうが、しばらくの間は吉崎の傍聴にも面会にも行けなくなった。自分の裁判で精いっぱいになるはずだ。

エピローグ　控訴審判決

二〇〇◎年二月二十六日、東京高裁で判決が言い渡された。

裁判長は判決理由の朗読から始めた。

「相模湖湖畔の林道に到着するやいなや、被告人三人はシビックから石川孝太郎を下ろし、吉崎誠がトランクを開け準備したアルミ製パイプを手にした遠藤隆文と吉崎は、石川を殺害しようと林道に連れだしたところ、車から少し離れた場所で突然石川から反撃を受け、石川は二人がひるんだすきに懸命に恋人の小宮静代を救出しようと試みた。

吉崎は卑劣にも石川の反撃と逃亡を防ぐために足ばかりを狙って殴打した。

遠藤も即座に暴行に加わった。特に石川の予想外の反撃を受け、醜態をさらしたと思った遠藤の暴行は凄惨を極めた。石川の頭部ばかりを狙ってパイプを執拗に打ちすえた。

それだけではあき足りず、遠藤は吉崎に石川を抱き起こすように命じた。

頭から鮮血を流してうずくまっている石川を、背後から吉崎に羽交い絞めにさせ、〈なめたことをしているんじゃねえ〉と吉崎から受け取ったサバイバルナイフを石川の左脇腹に突き刺した。サバイバルナイフは中村信夫が常に車内に隠し持っていたもので、吉崎は車内で二人を脅迫するのに用い、車から下りる時もベルトに挟み携行していたものである。

車内に戻った中村は小宮静代に性的暴行を加え、ことを終えて車から下りるとトランクからパイプを取り出してきて、二人に加わり石川を三人で殴りつづけた。

ところが遠藤は終始一貫して石川孝太郎にサバイバルナイフで刺したという事実を否認、中村による刺殺と主張し、罪を中村に被せようと試みるなど反省している様子は微塵も感じられない。

一方、中村につづき遠藤も、裸同然の姿でぐったりしている小宮静代に性的暴行を加えるために後部座席に乗り込んだ。しかし泣き叫び抵抗する小宮に対し、遠藤は強姦を試みたが、小宮の抵抗にあい断念している。

その間、中村と吉崎は大量に出血し苦悶する石川にアルミ製パイプによる殴打を続け、凄惨なリンチによって石川を死亡させた。石川孝太郎は身体の至るところから出血するような状態で、暴行が尋常でなかったことをうかがわせる。

その後、吉崎も小宮静代に暴行を加え、放心状態の小宮は車外に引き出され、恋人の石川孝太郎の無残な姿を発見して絶叫した。その声を封じるために、三人はパイプを手にして小宮の頭部、全身を殴打し、死に至らしめた。特に小宮から激しい抵抗を受けた遠藤は、その怒りから顔めがけてパイプを何度も振り下ろしている。

何の落ち度もない二人の若者を死に至らしめた一連の暴行は人間の行為とは思えないほど残虐かつ執拗で、もはやなぶり殺しというほかはない。

さらに三人で二人の遺体を湖岸の雑草が深く生い茂る草むらに遺棄するなどして、発見を遅らせようとしたのは明らかである。

車内に戻り現場から離れると、吉崎は『小宮静代にも止めを刺しておけばよかった』と小宮にもサバイバルナイフを突き刺さなかったと後悔の念を述べている。こうした事実、言動から中村、遠藤、吉崎の三人の被告人が石川、小宮の二人に対する殺人罪の共同正犯の刑事責任を負うことは明白である」

検察側の主張にほぼ沿った事実認定が行われた。

八王子支部判決と高裁判決の事実認定が大きく異なるのは、三人を石川、小宮殺害の共同正犯と認定したことだった。特に石川孝太郎の死についても、吉崎が背後から羽交い絞めにし、遠藤が刺したと明確に認定していた。

遠藤被告の左手握力が極めて弱く、小腸に達するほど深く突き刺すことは不可能という弁護人の主張は推量の域を越えるものではなく、遠藤犯行説を覆すものではない。握力の弱さは事実としても、遠藤は事件後、警察の追及から逃れられないことを知り、手首を深く切り自殺を試みている。その影響による正中神経断裂の影響も考えられるが、石川刺殺当時の遠藤の左手握力が十五・三キロであったと十分に立証したとは言えない。

吉崎や中村の証言の通り、遠藤が左手にサバイバルナイフを握り、体当たりをするようにして石川の左脇腹に全体重を預けて突き立てれば、必然的に遠藤の身体の一部がグリップの端に当たり、身体全体で突き刺したと考えられる。

サバイバルナイフに残された遠藤のハンマーグリップを示す指紋は、サバイバルナイフを抜こうとしたものではなく、石川の死を確認するために力を加えた時に残されたものと、東京高裁は断定した。

「被告人三名の本件一連の殺人事件の罪質、動機、犯行態様、特に被害者殺害の手段方法の執拗性、残虐性、殺害された被害者が四名であるという結果の重大性、被告人三名の犯行における地位や果たした役割、殺害された被害者遺族らの峻烈を極める処罰感情、社会に与えた影響の大きさ、被告人らの前歴等の諸般の情状を総合検討すると、一連の犯行は綿密な計画のもとに周到に準備を尽くして実行されたものではなく、全体的に観察すればむしろ場当たり的犯行というべきものである。

被告人三名は犯行当時いずれも少年であったことやその生い立ち等被告人らのために酌むべき情状を考慮しても、被告人三名の刑事責任はいずれもこの上なく重大と言うべきである。

改めて思いを致しつつ慎重に検討し、さらに熟慮を重ねても被告人三名に対しては、いずれも究極の刑である死刑を選択するのも真にやむを得ないところといわざるを得ない。よって主文の通り判決する。

主文　原判決を破棄する。被告人中村信夫、被告人遠藤隆文、被告人吉崎誠をいずれも死刑に処する」

主文が読み上げられるのと当時に記者席から記者が立ち、法廷から出ていった。石川紘子は若い女性と一緒に傍聴席に座っていたが、小宮清子は互いに声をかけ合わないようにと打ち合わせをしておいた。若い女性の近くにはやはり二十代後半の若い男性が、少し距離を置いて座っていた。

裁判が終わり、一階ロビーに降りると清子は新聞記者に囲まれ、コメントを求められた。

清子は考えていたコメントを記者に語った。

「判決には納得しています。被告たちにはこの判決を厳粛に受け止めてほしいと思います。静代もそれを望んでいると思います」

近くでは例によって流川、本田、鈴木の三弁護士の周囲をそれぞれの支援者が取り囲んでいた。その遠巻きをさらに新聞記者が囲んでいた。中村、吉崎の二人は無期懲役から死刑判決で、本田弁護士、鈴木弁護士は即日上告すると支援者、記者に語っていた。

石川紘子と若い女性が清子に目配せをしてロビーから出ようとした。その後ろに若い男がついて行った。

「息子を殺したのはあなたたちでしょう」

流川弁護士を取り巻いている輪の中から女性の甲高い叫び声がロビーに響き渡った。遠藤の支援を続けている鳴島だった。

「何を言っているんですか、あなたは。人殺し呼ばわりして、訴えますよ」

石川紘子が冷徹な口調ではねつけた。

「今、わかったわ。あの子を陥れるためにあなたたちが仕組んで息子を痴漢に仕立てたのね」

「何を言っているの、このオバサン。頭、おかしいのと違う」

若い女性が言い放った。女性は殺された藤原勉の恋人だった北沢茜だ。

中央線快速電車の車内で学生の痴漢に襲われ、携帯電話のメール画面に「助けて」と入力して近くにいたサラリーマンに助けを求めた。そのメールを見て、痴漢を取り押さえたサラリーマンは鈴守竜太だった。父親の鈴守大輔は事業に失敗し、債権者から逃れるために家族にもわからないようにホームレス暮らしをしていて、事件に巻き込まれたのだ。鈴守竜太も三人に復讐を果たすために、事件の詳細を調べているうちに石川紘子、そして北沢茜を知った。

「妙ないいがかりは止めてよ。私は痴漢に襲われて犯人は現行犯逮捕されたんだから」

茜が負けずに鳴島に言い返した。

「息子は痴漢なんかしていないと私に訴えていた。冤罪だって言っていた。皆あなたたちが仕組んだことなのね」

「ダメだ、このオバサン、ヤバイよ。完全にいっちゃってるよ。行きましょう」

茜は唇に冷ややかな笑みを浮かべ石川紘子とロビーから出ようとした。それを塞ぐように鳴島が立ちはだかった。

「何を勘違いされているのか知りませんが、いいですか。私たちはあなたの子供を殺してなんかいません。あなたの子供は自殺したんです。それに百歩譲って私たちが息子さんを殺したと仮定しましょう。でも、あなたはA新聞の取材にも、八王子支部、高裁の法定でも、自分の息子が殺されたとしても犯人を許すとおっしゃっていたではありませんか。何故、そんなに腹を立てているのかよくわかりません。さあ、どいてください」

鈴守竜太が鳴島を手で払いのけて道を開けた。石川、北沢茜も鈴守の後につづいて、東京高裁のロビーを出た。ドアを出たところには、老夫婦に手をつながれて小さな男の子が待っていた。男の子は事件後、藤原勉と北沢茜との間に生まれた子だ。老夫婦は藤原の両親だ。

殺された藤原勉と遠藤が仲間だったと報じられ、両親は肩身の狭い思いをしながら生きてきた。裁判を傍聴したかったが、石川や小宮の家族に申し訳ないと裁判所に姿を見せたのもそれが最初だった。

藤原勉も北沢茜も一時期は荒んだ生活をしていたが、恋人同士で同棲していた。遠藤は二人の関係を知っていた。茜が妊娠したことがわかると、藤原は真面目になろうとコンビニのアルバイトを始めたのだ。夜勤で藤原がいない時間帯を狙ってアパートに上がり込み、寝ていた茜を遠藤はレイプした。

北沢茜は地元の仲間とともに八王子支部の傍聴席で裁判のなりゆきを見守っていた。小宮清子が被告の仲間ではないかと思っていたのは、実は藤原に同情するかつての仲間だった。彼らの正体を調べたのは石川紘子で、北沢茜からすべてを聞き、茜だけを復讐計画に加えたのだ。そこに鈴守竜太も加わった。

子供と手をつないで地下鉄の駅に向かう茜にやせ細り、化粧気のない女性が声をかけた。

「あんた、サヤカじゃないの」

執行猶予付きの判決を受けた吉崎亜由美だった。亜由美はまったく事態がのみ込めていない。

「何故、サヤカがここに……」

「そういう名前で働いていた時期もあったのよ。さあ行きましょう」

北沢茜は吉崎亜由美の動向を調べるために、サヤカを名乗って「ラブリー・ムーン」で働いたのだ。ホストクラブで亜由美がホストに囲まれながら泥酔する姿を撮影したのは、茜や桜井だった。

呆然とする亜由美に鈴守竜太が声をかけた。

「大丈夫ですか、キララさん」

亜由美は川崎のソープランド〈キャビンアテンダント〉でもキララを名乗っていた。

「お客さん……」

中村の両親がパチンコや競馬などのギャンブルに夢中になっている写真、ソープランドでの亜由美の性的サービスの写真も撮影したのは鈴守竜太だった。

操り人形のように膝を折って床に倒れ込む鳴島、あっけにとられている吉崎亜由美の横を通って、清子も東京高裁の法廷を出た。

翌日、各紙が控訴審判決の内容を詳細に伝えた。死刑制度について批判的な立場を取っているA紙に遠藤の手記が掲載された。A紙によれば、手記は控訴審判決後に発表することを条件に寄稿されたものだと解説されていた。

「事件よりすでに八年もの長い歳月が流れました。この長い年月をすべての喜びを奪われ悲憤、憎悪、激怒を抱きながら生きてこなければならなかった被害者遺族に心から深くおわびしたいと思います。

私たちは四人もの尊い命を奪いました。被害者の方々には、恋をし、愛する者と出会い、家庭を築き、夫あるいは妻と子供に囲まれた平和な生活があったはずです。また中にはすでに家庭を持っていた方もいます。私たちは被害者とその家族からすべてを奪ってしまいました。被害者のご冥福をお祈り申し上げます。

私の犯した罪は重く許されるものではありません。私はどんな判決が下ろうとも、厳粛に受け止めるつもりでおります。判決を受け入れることで、せめてもの償い、反省の証にしたいと思っています」

遠藤は死刑判決を予期し、それを受け入れるかのような手記を寄せていた。

しかし、清子はそれをそのまま信じる気持ちは毛頭なかった。受け入れるどころか、すぐに上告するだろうと予想していた。その予想は的中した。中村、吉崎が上告すると、遠藤も上告手続きを取った。

流川弁護士は上告にあたり遠藤のコメントを発表した。

「控訴審判決には事実認定に大きな誤りがある。二人が上告した以上、自分も上告しなければ事実がさらに大きく歪められる可能性がある。真実を明らかにした上で正しい判決を受けるために上告した」

どこまでも往生際の悪い男だと、清子は思った。

控訴審判決からしばらくすると大きな段ボールが送られてきた。差出人は阿部美雪になっていたが、差出人の住所は、横浜総合S病院だった。中に大きな密閉式ビニール袋が入っていた。中身はジーンズと青のTシャツ、ねずみ色の綿のジャケットだった。どれにもどす黒いシミが付着している。

二通の手紙が同封されていた。一通は病院の事務局からで、「生前に阿部美雪さんから送るように依頼されていた彼女の私物です」と書かれ、阿部美雪の死亡日時が記されていた。美雪は控訴審判決を見届けてから亡くなっていた。もう一通の封筒には「隆文が逃げ込んできた時に隠し持っていた衣服です」と記されていた。染みついている血が誰のものなのか。DNA鑑定すればわかるだろうと、送りつけてきたものだ。

同日、簡易書留で美雪から手紙も届いた。遠藤隆文の左手に関する診断書が同封されていた。

「左手首神経断裂による握力障害、左手握力十五・三キロ」と記されていた。日付は遠藤がT少年院を出た直後になっている。

美雪の手紙によれば、一緒に住み始めてすぐにわかったのは、隆文が左手を自由に使えなかったことだ。少し重いものだと握れずに落としてしまった。不審に思って尋ねると、何度もリストカットをしていたと告白した。隆文は自傷行為をつづけ、左手首を何度もナイフで切っていた。

美雪は高尾苑の理学療法士にリハビリをすれば機能回復できるかどうかを聞くために、八王子市内の総合病院で診断を受けさせ診断書を書いてもらっていたのだ。

控訴審判決では、「吉崎が持っていたサバイバルナイフを受け取ると、遠藤は左手で握り、吉崎によって背後から羽交い絞めにされた石川の左脇腹にサバイバルナイフを突き刺した」という検察側の主張を高裁も認定していた。

しかし、遠藤の左手の握力は小学校三年生男子の平均程度。その力で柄元まで突き刺すのはおよそ不可能だと弁護側は主張した。控訴審判決では深く突き刺さったことについては遠藤が身体全体を使って押して刺したためとし、グリップに残されていた指紋については、石川の死を確認するために脇腹に刺さったサバイバルナイフのグリップを遠藤が力を込めて握ったためと認定した。

高裁判決の通りならジャージーは返り血で濡れているはずだが、美雪から送られてきたジャージーには、左肩と首周辺にしか血は付着していない。遠藤の左耳から出血したものが染みついたのだろう。ＤＮＡ鑑定すれば、ジャージーに付いている血液は、おそらく遠藤のものだという判定結果が出る。

――これらを裁判所に提出すれば、隆文の死刑判決は回避できるかもしれません。しかし、隆文自身はこれ以上生きたいとは思っていないでしょう。死んで償う気持ちがあるから、私に預けたのだと思います。死刑執行後、この証拠を出して、心から反省していたことが遺族に伝われば、それで満足だと言っていました。

中村、吉崎の二人はきっと最高裁まで争うから、自分も最後まで争うしかないが、私にだけは本心をそう伝えていました。どうか隆文の真実の気持ちはわかってやってほしい。

美雪からの手紙にはそんなことが記されていた。


高裁判決から一ヶ月後、清子は東京拘置所に出向き、遠藤隆文に面会を申し込んだ。面会室は透明なアクリルの強化ガラスで仕切られていた。面会室に現れた遠藤は法廷に着てくる上下のジャージー姿だった。面と向かって話すのはそれが最初だった。

面会室には刑務官も立ち会い、話の内容をメモするらしくノートとペンを持っていた。遠藤は深々と頭を下げ、「申し訳ありませんでした」と言った。

「そんな安っぽい謝罪をしてほしくてここにきたわけではありません。あなたを許すつもりもありません」

清子は落ち着き払った声で答えた。

「阿部美雪さんが亡くなったのは知っていますね」

一瞬、突然頬を張られたような表情を浮かべた。美雪の名前が清子の口から漏れたことに驚いたのだろう。しかし遠藤はすぐに平静さを取り戻して答えた。

「亡くなったら出してくれと病院関係者に頼んでおいたらしく、美雪姉さんから手紙が届きました」

「そうですか。私のことが何か書いてありましたか」

「いいえ」遠藤が首を横に振った。

「君が着ていた衣服と左手首の診断書をもらいました」

遠藤は生唾を飲み込むような仕草を始めた。何も遠藤は答えようとしない。

「左手首を見せてください」

遠藤は反射的に右手で左手首を隠そうとした。

「今さらそんなことをしても意味はないでしょ。被害者に申し訳ないと心底思うなら、私のこんな簡単な頼みくらいは聞いてもらえるでしょう」

遠藤はジャージーの長袖を捲った。細い輪ゴムを手首に巻いたような幾筋ものケロイドが手首を取り巻いていた。

Ｉ学園にいた頃、好きな女子に気持ちが伝えられずに、寮母に隠れて遠藤のリストカットが始まったと、鳴島は証言した。しかし、真実は寮母の関心を引くための行為だったに違いない。さらに本当に自殺する気なら、利き腕の左手にナイフを握り、右手首を深く切るはずだ。ところが右手で左手首を切っている。最初から死ぬ気などないからだ。左手首の正中神経断裂は狂言自殺でリストカットを何度も繰り返した結果に過ぎない。

「左耳も見せてください」

遠藤は首を右に捻じった。左耳には裂傷の痕が残っていた。

「美雪さんの言う通りのようですね」

それでも遠藤は何も言おうとしない。しかし、視線だけは清子の心を懸命に読み取ろうとしているかのように鋭い。

「美雪さんのことは流川弁護士には言ってあるのですか」

「何も言っていません」

「何故ですか」

「美雪姉さんに殺人者の姉という汚名を被せたくないし、私には生きる資格もあるとは思っていません。死刑を免れて生きたいとも思っていません。私にできる償いは三人で死刑になるように事実を明らかにすることです。それ以外考えていません」

「それで本当にいいのですね」

「高裁では私にも納得のいく判決が出ました。二人が上告したので私もしますが、このままの判決が最高裁でも下るように、私なりに事実を述べたいと思います」

「弁護費用はどうしているのですか」

遠藤は何も答えなかった。

「美雪さんが出してくれたのですね」

遠藤はまた頭を下げた。

「そうですか。わかりました」

「生まれてきていいことなんて一つもありませんでした。生まれてきたことを犠牲者や遺族の方に謝罪したいくらいです」

「いい覚悟ですね」

遠藤はまだ何か言いたそうにしきりに生唾を飲み込んだ。

メモを取っていた刑務官が言った。

「そろそろ時間です」

清子は自分の取ってきた行動が誤りではなかったと確信した。遠藤隆文には生きる資格はないと思った。姉の阿部美雪まで欺いても生きようとあがいている。

診断書から判断すれば確かに遠藤の握力は弱い。しかし、吉崎に背後から羽交い絞めにさせていれば、判決が指摘した通り全体重をかけることもできる。いや、そうしたからこそナイフは深く突き刺さったのだ。

石川孝太郎の左手が割けていたのも、サバイバルナイフから身を守ろうとしたのか、あるいは刺さったナイフを抜こうとしたためだろう。

石川にパイプで自分を殴らせ、中村、吉崎を呼び寄せ、その間に静代と二人で逃走できるように取り計らったとはよくも考えついたものだと感心するくらいだ。

遠藤の狂言の痕は左手首のケロイドだけではない。静代に頼まれて高校野球の地区予選や他校との練習試合の応援にしばしば付き合わされた。マウンドに上がった石川孝太郎は左腕を振り降ろし懸命にボールを投げていた。左利きの石川孝太郎が正面に立った遠藤をパイプで殴ろうとすれば、遠藤の右側頭部に傷ができるはずだ。

遠藤の左耳が裂傷を負うはずがない。おそらく必死に抵抗した石川と揉み合っている時に偶然にできた傷だろう。あるいは事件後に思いつき自ら傷つけたのかもしれない。

「あなたが死んで償うというのなら、美雪さんから預かったものは今日にでも焼却処分します。いいですね。あなたの話を聞いて、これで私も美雪さんから送られてきたものを心おきなく処分できます」

新宿を離れる時、着替えの数枚くらいは車に積み込んだはずだ。石川の返り血を浴びた衣類はすぐに処分しただろう。静代も石川も夥しい出血量だ。二人の血痕が付着していない、自分の血だけが染みついたジャージーなど思いついたシナリオに合わせるためにデッチ上げた証拠だ。

石川の左脇腹にサバイバルナイフが刺さったのも、左利きの石川が最後の力をふり絞り、左肩に回されている吉崎の手を振り切ろうとして咄嗟に身体を右側にねじったためだ。その瞬間、遠藤は全体重を預けるようにしてサバイバルナイフを突き刺したのだ。

「そうだ。言い忘れるところでした。石川君もあなたと同じ左利きよ。それと、あなた、知っていますか。カルテの保存期間が五年だというのを」

遠藤の顔から血の気が引いていくのがわかる。顔面蒼白だ。

刑務官が「行くぞ、遠藤」と面会時間が終了したことを再度通告した。

遠藤が阿部美雪のアパートで夢中になって読んだ本は、再審無罪を勝ち取った冤罪事件について記された本ばかりだ。鳴島たち支援者が差し入れた本にも冤罪関係のものはあった。どのように訴えたら支援グループが組織されるのか、その本から遠藤は知識を得ていたのだろう。

T少年院で図書館の本を乱読していた遠藤が、小学生の問題を解けないはずがない。どう答えれば鳴島や頼近が同情し、遠藤の学習が未熟だったかを法廷で証言するか。遠藤はすべてを計算していた。そして二人は遠藤の描いたシナリオ通りの証言を法廷やマスコミに訴えてくれた。

サバイバルナイフに付着していた指紋も、どう説明すれば証拠能力を軽減できるか、美雪のアパートで読んだ『指紋捜査官』という本から学んだ結果だ。

最高裁で死刑が確定しても、新たに証拠や証人が発見された場合、再審が開始される。そして死刑判決が覆り無罪になったケースもある。美雪のアパートで読んだのはそうした事件を記した本だった。

美雪のところに預けた自分の血が付着したシャツと左手の診断書があれば、再審請求の証拠として採用されると遠藤は確信を持った。遠藤は事件後に一度自殺しようと左手首を切ったと証言した。狡猾な遠藤のことだ。美雪を信用させるための狂言の可能性もある。本当に死ぬ気の自殺なら、その時に左手の握力を失った可能性も考えられる。

しかし、美雪と同居していた頃の診断書があれば、その頃すでに左手の握力を失っていたことが確実に証明される。石川孝太郎にサバイバルナイフを突き刺した遠藤犯行説は大きく揺らぐ。

遠藤は小宮静代の学生証を見た瞬間、姉の友人だとわかり救出方法を考えたという。だからこそ小宮静代をレイプしなかったと美雪には理由を説明していた。それもウソだ。北沢茜のレイプは未遂に終わった。茜がその時の様子を一部始終話してくれた。

「チキショウ、どうしてできねえんだよ」

遠藤は性的には不能だった。

泣き出しそうな声で喚き、逃げるようにしてアパートから出ていった。

救うどころか激しい殺意を石川に抱いた。それがサバイバルナイフでの惨殺につながったのだ。最後にサバイバルナイフを握ったのも、証拠を残すまいと抜き取ろうとしたなどというのはウソだ。グリップに体重をかけて石川が反応するかを試したのも憎しみの現れだ。鮮明に指紋が残されたのはそのためだ。

藤原の局部への異様な足蹴り攻撃、そして静代の顔を執拗にパイプで殴っているのも、性的不能に対する自分への苛立ちが背後に潜んでいるのだろう。

中村、吉崎はその事実を知るはずもない。遠藤の荒れ狂った獣のような暴力を二人は恐れていた。その背後に、性的不能があったなどとは想像もしていないだろう。

「時間です」

刑務官はノートを閉じ、遠藤に立つように命じた。面会室のドアを出ようとする遠藤の背中に向かって言った。

「茜さんからすべてを聞きました。かわいそうね……」

遠藤は刑務官の制止を振り切って強化ガラスに向かって体当たりしてきた。

「ザッケンナよ、このクソババアがよ。出たらぶっ殺すぞ」

「それがあなたの本性ですね」

一審段階で阿部美雪のところに残しておいた「証拠」を出さなかったのは、一連の犯行は確固たる殺意を抱いて行ったもので、死刑判決を最初から遠藤は予期していたからだ。検察側の主張や証拠をすべて知るために反論らしい反論はしなかった。だからこそ石川孝太郎の殺害だけは一貫して否認を貫き、最後の切り札として診断書を温存していたのだ。

裁判が長期化するように、中村、吉崎のいるところでは自由に証言ができないと言って出廷を拒んだり、病気を理由にしたりして法廷を休み、審議を遅らせるようにしてきた。

遠藤は証拠を提出する時期を見計らっていたのだ。人権派と呼ばれる流川弁護士も疑うことなく、その証拠に飛びつくはずだ。控訴審あるいは上告審の最中であれば、審議の時間はさらに長期化し、それだけ長く生きられる。あわよくば地裁、高裁差し戻し判決が得られる。そうなれば無期懲役になる可能性が高くなる。

最高裁判決後であっても、再審請求が出されている間は死刑の執行が遅れる。証拠として採用されれば、再審が開始され、死刑判決を覆す可能性も出てくる。

重要な証拠を提出しなかった理由は、姉に迷惑がかかる、死んで償うべきだと考えていたからと言えば、マスコミも取り上げるだろう。

しかし、遠藤は大きな誤りを犯した。姉の死期が思っていた以上に早く迫ってきたことだ。さらに二つの証拠が清子に渡るなどとは想像さえしていなかっただろう。

案の定、面会から三日後、流川弁護士が記者会見を開いた。

「石川殺害と小宮への強姦罪について遠藤は無罪で、それを証明する証拠もある」

流川は事件前に受けた検査の診断書と事件直後の着衣の存在を明らかにした。

遠藤が阿部美雪に対して説明した言い逃れを、今度は流川弁護士にしたのだろう。

流川は記者会見を開き、控訴審判決には重大な事実誤認があると発表した。姉美雪の存在を公開し、美雪から相談を持ちかけられた高尾苑の理学療法士のコメントも紹介されていた。しかし、遠藤が診察を受けた病院名は明らかにされなかった。

病院がカルテをすでに処分していたためだろう。

性的不能の原因は幼少期に受けた母親からの虐待が影響しているのかもしれない。

清子が拘置所で遠藤に向けて放った言葉はウソではない。同情する気持ちがまったくないわけではない。それでも遠藤を許す気はない。不遇を理由に他人の命を奪っていいはずがない。遠藤はぬかるみにつかり、泥水をすすってでも真摯に生きるべきだったと思う。どんなにみじめでつらい状況に置かれても、これだけは絶対に手放してはいけないというものが人間にはあるような気がする。

それを言葉でどのように表現したらいいのか、清子には思いつかないが、そんなものがあるように思える。

彼らは四人もの人間を殺したから死刑判決を受けた。しかし、それだけではないと清子は思う。彼らは殺人と同時に最も大切な何かを自ら捨ててしまったのだ。

過酷な運命を背負って生きるから憐憫ではなく愛に出会うのではないだろうか。逆境に立ち向かうから同情ではなく共感が生まれるのだろう。

今の三人を取り巻いているのは憐憫と同情だけだ。そこから真摯な反省が生まれるはずがない。

新聞記事を読み終えて、墓の掃除にでも行こうかと思っていると、インターホンが鳴った。

「弁護士の流川です。ご相談したいことがあります」

「何でしょうか」

「あなたのところに阿部美雪さんから宅配便や書留が届いていたと思いますが……」

「それで」

「それを渡していただきたい……」

「敵に塩でも贈れとおっしゃるのですか」

「私は事実に基づいて正当な裁判を被告に受けさせたいだけです。敵とか味方とかそういう問題ではありません。まさに人権の問題です」

「あなたの事務所を私が訪ねた時、敵討ちに来たのかと言ったのはあなたではありませんか」

「過去に失礼なことがあったかも……」

流川が言い終える前に清子が言った。

「忙しいので失礼します」

清子はインターホンのスイッチを切った。

仏壇の花も枯れかかっている。墓参りの後で近所の花屋に買いに行こうと思った。

本作品は当文庫のための書き下ろしです。

なお本作品はフィクションであり、実在の個人・団体などとは一切関係がありません。

文芸社文庫

死刑台の微笑

二〇一四年十月十五日　初版第一刷発行

著　者　麻野涼
発行者　瓜谷綱延
発行所　株式会社　文芸社
〒一六〇-〇〇二二
東京都新宿区新宿一-一〇-一
電話　〇三-五三六九-三〇六〇（編集）
〇三-五三六九-二二九九（販売）

印刷所　図書印刷株式会社
装幀者　三村淳

ISBN978-4-286-15830-3

［文芸社文庫　既刊本］

贅沢なキスをしよう。
中谷彰宏

いいエッチをしていると、ふだんが「いい表情」に。「快感で人は生まれ変われる」その具体例をあげて、心を開くだけで、感じられるヒント満載！

全力で、1ミリ進もう。
中谷彰宏

失敗は、いくらしてもいいのです。やってはいけないことは、失望です。過去にとらわれず、未来から今を生きる――勇気が生まれるコトバが満載。

フェイスブック・ツイッター時代に使いたくなる「孫子の兵法」
村上隆英監修　安恒　理

古代中国で誕生した兵法書『孫子』は現代のビジネス現場で十分に活用できる。2500年間うけつがれてきた、情報の活かし方で、差をつけよう！

「長生き」が地球を滅ぼす
本川達雄

生物学的時間。この新しい時間で現代社会をとらえると、少子化、高齢化、エネルギー問題等が解消される――？　人類の時間観を覆す画期的生物論。

放射性物質から身を守る食品
伊藤　翠

福島第一原発事故はチェルノブイリと同じレベル7に。長崎被ばく医師の体験からも証明された「食養学」の効用。内部被ばくを防ぐ処方箋！